J.K.Rowling's Harry Potter Novels. A Reader's Guide

小説「ハリー・ポッター」入門

フィリップ・ネル
Philip Nel

谷口伊兵衛 訳
Taniguchi Ihei

而立書房

目次

装幀・神田昇和

小説「ハリー・ポッター」入門

Philip Nel
J. K. Rowling's Harry Potter Novels. A Reader's Guide

1 小説家ローリング

『ハリー・ポッターと賢者の石』第一章において、ミネルヴァ・マクゴナガル先生が幼児ハリー・ポッターは「有名人になるでしょう――伝説の人になるでしょう――〔中略〕ハリーに関する本が書かれるでしょう――どの子供も彼の名を知ることでしょう」（『賢者の石』二四ページ）と予言するとき、彼女はJ・K・ローリングがこの主人公に相応なことを立証しているのである。ハリーは一歳になるかならないころに有名になったし、またJ・K・ローリングは三十歳代初期にその主人公と同程度の名声を手にしたのだ――ハリーに比べればむしろ遅いとはいえ、ほかの誰かと比べれば著しく速やかに。一九六五年七月三十一日（物語を構想中、ハリーが誕生するちょうど二五年前）グロスターシャー〔イングランド南西部の州〕にジョアン・キャスリーン・ローリング*はチッピング・ソドベリー総合病院で、

＊ 彼女の出生証明書には〝K〟は現われていなかった。このことから、彼女が祖母の名前“Kathleen”を後年まで、自分の中間名として採用しなかったのではないかと推測している人もいる（Savill）。

ピーターとアンを両親として生まれた。ローリングが後に述べているところでは、「奇妙な名前を集める人にとっては適切な」場所だったという（Rowling, "Not Especially"）。彼女の父はロールスロイス社のエンジン部品の組み立て工だったし、彼女の母はフランスおよびスコットランド系の或る研究所の技師だったのだが、ロンドンのキングズ・クロス駅から、スコットランドのアーブロースへ向かう列車の中で、数年前に出会ったのだった。ローリングは両親のこの最初の出会いを「一目惚れ」（Fraser, *Telling Tales* 4）と書いており、またげんにピーターは次回の列車でアンに結婚を申し込んだのだが、このことは彼らの未来の娘の列車愛をあおる結果になったのである。一九六四年頃、二人は結婚、そしてジョアンの誕生の二年後には、次女ダイアナ（ニックネームは〝ダイ〟）が生まれた。

初期幼年時代

ローリングの両親アンとピーターはともに読書好きだったし、子供たちに読み聞かせをしたのであり、ローリングが六歳になったころには、自分で物語を創ることを始め、これを妹に話して聞かせたりした。自伝的エッセイの中で、ローリングの語っているところによると、そういう話の一つで、ダイが兎の穴に陥ったとき、「中にいた兎の家族によってイチゴを与えられた」という。とにかく、ローリングが書き下ろした最初の物語は「ラビットという兎についてのものだった。このラビットははしかにかかるのだが、すると友だちから見舞われたのであり、そのなかにはミス・ビーという巨大ミツバチも含まれていた」（"Not Especially"）。この物語を終えるに際して、当時六歳だったジョアン・ローリングは、「もう、これを出版してもよいわ」と思ったのだった。このことを思い返して、ローリングは説明している、「当時でさえ、私は完璧な経験を欲していたのです」（Fraser 9）と。ラビットとビーについて書いて以来、ローリングは作家になろうと思ったのだが、「そのことを誰かに告げることはほとんどなかった」。彼女は「とても見込みがないよ、と言われる」のを恐れたからである（"Not Especially"）。

〝兎物語〟を書いて間もなく、ローリング一家はイェートからウィンターボーン（二つの町ともブリストル近辺にある）へと引越し、ポッター一家とは四軒離れた家に暮らすことになる。ジョ（アン）とダイ（アナ）は、ポッター家の子供、ヴィッキとイアンと仲良しになった。イアンは仲間に悪さをするのが好きで、ピクニック用の皿の中にナメクジを隠したり、妹やローリング姉妹に濡れたコンクリートの上を走らせ（て彼女たちをすぐに倒れ込ませ）たりした（Cochrane）。悪ふざけへのこういう性癖からして、イアンはハリーよりもはるかにフレッド・ウィーズリーやジョージ・ウィーズリーに似かよっているように思われるし、またげんにローリングによれば、彼女がタイトル・キャラクター用にポッターの家族名を選んだのは、ただたんに彼女がポッターなる「名前をいつも好んでいた」からに過ぎないのである（“Not Especially”）。しかし、ヴィッキの推測では、ローリングがその作品の主人公を“Potter”と名づけたのは、自分や自分の兄やローリング姉妹がいつも魔女ごっこや魔法使いごっこ遊びをしていたからではないかという（Demetriou）。

ローリングが九歳のとき、一家はポッター家の近所を離れて、セヴァーン川の北へ引越し、ウェールズのチェプストー水路の近辺のタッツヒル村に落ち着く。彼女は新しい学校タッツヒル英国国教会小学校（実家の近くにある旧式な小さな建物）が嫌いだった。彼女の新しい教師ミセス・モーガンはえこひいきをし、ハリーやその友だちをいじめるホグワーツ校の厳格な先生セヴルス・スネイプの性格に影響を及ぼしている（Fraser 5－6）。タッツヒル小学校での初日の朝、モーガンがジョアンに課した分数に関するテストは、ローリングが未習のものだった。テストに失敗すると、モーガンは彼女に「〝劣等者〟列」の座席を割り当てた。ミセス・モーガンのクラスでは、「優秀な生徒たちは先生から見て左側に座ることになっており、先生から鈍いと思われた生徒はみな右側に座ることになっていた」。ローリングはプレイグラウンドに座らずに、できるだけ離れた右側の席に座らされたのである。同学年の末までには、彼女が昇進して左の列から二番目の所へ移される段になると、教師はローリングを彼女の最良の友と無理矢理席替えするように強いた。「この教室の中での数歩の移動で、私は賢くはなったが、不人気にもなってしまった」とローリングは回想している（"Not Especially"）。

初期の文学的影響

正規の教育で加えられた権利侵害に耐えながらも、ローリングは読書を楽しみ、そして七個の呪われたダイアモンドについての物語をも含めたさまざまな物語を書き続けた（J・K・ローリングの二〇〇〇年二月三日の生インタヴューからの写し）。ローリングが八歳から十二歳にかけて読んだ本のうちには、ポール・ギャリコの『トンデモネズミ大活躍』（一九六八年）、エリザベス・グージーの『まぼろしの白馬』、C・S・ルイスの「ナルニア国ものがたり」シリーズ（一九五〇‐一九五六年）のほかに、E・ネズビットやノエル・ストレットフィールドによる小説がある。彼女の〝ダイアモンド物語〟は、「ハリー・ポッター」シリーズに強力な語り的活力を与えている文学形式たるミステリーへの関心を示唆している。ギャリコとネズビットの両者の語り手たちによって用いられている調子は、ふざけていたり、まじめだったりしており、これはローリングの語り口におそらく影響を及ぼしていると思われる。ギャリコの騒がしいバンクはマンクス鼠をひどく驚かすような一切のものの形を取ろうと努めているが、その行動はボガート（まね妖怪）が『ハリー・ポッターとアズカバンの囚人』においてなしていることにひどく似ている。もっとも意味深いのはおそらく、ネズビット、ギャリコ、グージのいずれの本においてもファンタジーと日常的なことが共存していることだろう。つまり、登場人物たちは魔法的なことを体験するためにほかの国（たとえばナルニア国）へと旅する必要がないのである。ローリングの男女の魔法使いたちは魔法を使えない人間（マグル）たちと同じ世界を共有しているが、同じようにネズビットの『砂の妖精』（一九〇二年）では、砂の妖精は近くで生活しているし、続篇『火の鳥と魔法のじゅうたん』（一九〇四年）では、新しいじゅうたんは魔法であり、不死鳥の卵を含んでいる。対照的に、ナルニア国シリーズはローリングのシリーズにおける以上にはっきりとキリスト教神学を孕んでいるとはいえ、善と悪との叙事的対決ではローリングのシリーズにおける以上に先行しているように思われる。一つの職業を学ぶ若人たちについてのストレットフィールドの物語は、ハリーと友だちが魔法を学ぶホグワーツ校の教室での実践への強調を反映させている。けれども、ローリングは自身の初期の生活の中では、学校よりも校外で多くの職業的訓練を得たらしい。おそらく、一人の英語教師を除き、課外の読書、作文、遊びが授業以上にローリングを形成したのである。

十一歳頃には、ローリングはワイディーン総合中等学校に通っていたが、そこで彼女はホグワーツ校のマクゴナガル先生を強く想起させる英語教師ミス・ルーシー・シェパードに出会った。シェパードとは今も接触を保っているローリングは、彼女のことを、「ナンセンスはしない」し、「厳格」だが、「はなはだ誠実な」人として記憶している。フェミニストであり、「教育に情熱的」だったシェパードさんはローリングの尊敬を受けたし、ローリングに——彼女の記憶によると——書き方について多くのことを教えた(Fraser 6)。生徒たちが「少しでもだらしなくなること」を許さないだけでなく、シェパードは生徒たちに対して「作文に構造とペースを与えることを正確に」示した(Fraser 6–7)。シェパードによってばかりか、自分自身の広い読書によっても影響されながら、ローリングはかちっと構造化された文章を書き、入念にプロットを測定し、また、適量の情報を与えるのを控えることによって、読者の注意を維持し続けている。ホグワーツ校への旅についての次の記述を考察されたい。

「汽車がさらに北へ進むと、雨も激しさを増した。窓の外は雨足がかすかに光るだけの灰色一色で、その色も墨色に変わり、やがて通路と荷物棚にポッとランプが点《とも》った。汽車はガタゴト揺れ、雨は激しく窓を打ち、風は唸りをあげた。それでもルーピン先生は眠っている」(松岡佑子訳『ハリー・ポッターとアズカバンの囚人』、静山社、二〇〇一年、一〇七ページ)。

雨は強まる（increased）代わりに、濃くなった（thickened）のであり、窓はたんに曇っていた（fog over）だけではなくて、「かすかに光るだけの灰色一色」（a solid shimmering grey）なのだ。語の音やそれがつくりだすイメージへの鋭い注意により、ローリングにはサスペンスを効果的に構成することが可能となっている。三番目の文の平行体〔対句法〕は、「ガタゴト揺れ」（rattled）、「激しく窓を打ち」（hammered）、「唸りをあげた」（roared）を束ねることによって、初めの二つの文によって喚起されたセーンセーションを拡大しながらも、他方では、ルーピン先生についての読者の好奇心を増幅させている。ひょっとして、ミス・シェパードの助言は、無用の語を省くようにとのウィリアム・ストランクやE・B・ホワイトの言明の一つの別形式だったのかも知れないと思われよう。「力強い作文は簡潔だ」と彼らは忠告している。簡潔な散文が要求するのはディテール抜きの短文なのではなくて、「それぞれの語が語るようにすること」（23）なのである。ローリングの作文は、彼女がこの教訓をよく学んだことを示している。

学校時代

ローリングは寄宿学校の弁護者であると非難されたりしたけれども、彼女はそういうものに通ったことは決してなかったし、とにかく、彼女の正規の教育を超えた世間が豊富な魅力を供したのである。ローリングの家は墓地のすぐ隣りだった（「私は今でも墓地が好きです。墓地は名前の優れた源なのです」と彼女は自認している〔Fraser 4〕）し、彼女はタッツヒルを「一つの運命を説明しているかのように、絶壁の上の城が威圧する町」(Fraser 3）と書き記している。ローリングにワイディーン総合中学校で陶芸を教えた彫刻家フィル・ルイスは、かつての教え子の生徒時代の想像上の風景はタッツヒルで育ったことに直接起因している、と信じている。「王立ディーンの森やワイ川の近くに住んだなら、霊感を受けずにはおかないでしょう」と彼女は述べている、「この場所は歴史、伝説、迷信に包まれています。そこには魔法も存在するのです」と。*

「サンデー・タイムズ」紙の記事「ハリーの故郷」で、リン・コクレインはローリング一家が住んでいたタッツヒルの家、チャーチ・コテージを訪ね、ルイスや他の居住者たちと話をしたこと、彼らにはみなローリングの小説との類似点がすぐに見つかったことを挙げている。近くに高速道路が走っているにもかかわらず、タッツヒルは〝辺鄙〟で神秘的

＊ 少なくともローリングはこの地域で暮らすか制作した他の芸術家たちの一員であろう。たとえば、J・M・W・ターナーはここでチェプストー城を描いたし、『歌う探偵』（テレヴィ短期連続番組、一九八六年）や『棚から牡丹餅』（短期連続番組、一九七八年、映画化、一九八一年）の作者デニス・ポッターもやはり王立ディーンの森で成長したのである。

な感じがする。ちょうどハリーと仲間が異世界の境界を移動するのと同じように、タッツヒルはイングランドとウェールズとの境界に位置し、ワイ川とセヴァーン川との間に横たわっているのだ。この田園地方がどの程度彼女の想像力を培ったのかを知ることはできないにせよ、銘記すべきは、この同じ谷間でワーズワースが「ティンターン修道院の数マイル上流にて作りし詩句」（一七九八年）を書いたのであり、この詩が「深き川……淋しき流れ」、「高き岩、／山、そして深くかつ暗き林」に沿っての散歩を想起させるという事実である。ローリング自身や妹が、時間の〝ほとんど〟を「監視されることなしに野原を横切ったり、ワイ川辺りを彷徨したり」（"Not Especially"）、あるいは「大岩の間を探検したり」（Fraser 4）して過ごしたことについての彼女の思い出が、即刻、「深くかつ暗き林」がホグワーツ構内の禁じられた森とか、ハリー・ポッターの別のロケーションに着想を与えたことを証明するわけではなかろうが、しかしこの思い出は、ローリングの美的感性にこの林が及ぼしたという印象を強めていることは確かだ。

田園地方を探索しないときには、ローリングは学校に通っていた。当初、彼女はワイディーン総合中等学校もタッツヒル小学校と同じようにひどいのではないかと恐れた。ローリングはハリーがダトリーから、「〔公立〕ストーンウォール校じゃ、最初の登校日に新入生の頭をトイレに突っ込むらしいぜ」（『ハリー・ポッターと賢者の石』〔静山社版、五〇ページ〕）

と聞かされたのと同じ噂をワイディーン校についても耳にしたのだった。おそらくこういう話は新入生たちを怖がらせることを意図したものなのだろうが、この種のトイレの脅しは（少なくとも彼女の意に反してというわけではないが）決して実行されはしなかった。運動好きというよりも勉強好きだったローリングは、この時代の自分のことを「物静かで、そばかすだらけの、浅慮で、かつ運動べた」だったと述べている。とはいえ、同学年のもっともタフな少女がローリングにけんかを吹っかけたときには、彼女はやり返したのであり、そのためにやがて、番長の脅威にも耐え抜いたことで有名になったのだった。この勝利への彼女の反応は、子供時代の感情風景についての彼女の鋭い感覚を明らかにするものである――「彼女〔番長〕が私を待ち伏せして襲おうとしている場合に備えて、私はその後数週間、神経質に隅々を窺き込んで過ごしたのですよ」（"Not Especially"）。適切にも、ローリングはE・ネズビットに共感して、ネズビットの主張――「私は十一歳のときに感じたり考えたりしたことを正確に記憶している」――が「私の心の琴線にふれ」たと付言している（J. K. Rowling's Bookshelf）。『宝さがしの子どもたち』（一八九九年）において語り手オズワルド・バスタブルが、作者E・ネズビットの十一歳とはどのようなものかについての記憶を示しているのと同じように、ハリー、ロン、ハーマイオニーも、成長してゆくことの恐怖や喜びを真に伝えるローリングの能力の証拠になっているのだ。いじめとの遭遇を別にしても、ローリングのバトルの大半は昼食時に友だち仲間に彼女が語る〝長い続き物〟において起きている。現実生活において主人公になるには「あまりにもがり勉すぎた」とはいえ、このグループはローリングの虚構世界では登場人物になったのである（"Not Especially"）。ローリングがワイディーン校で出会うことになる「最年長の友」ショーン・ハリスは、ロン・ウィーズリーを着想させた（"J K Rowling Chat"）。ローリングの言によると、彼女自身は十一歳の頃、ハーマイオニー・グレンジャーほど「決して賢くもうるさくもなかった」（"Stories from the Web"）が、他の点ではハーマイオニーに酷似していた――「表面上は本物の小さな抜け目のないロバだったが、心底ではまったく自信がなかった」（Johnstone, "Happy ending"）。

オースティンを読む

ハーマイオニーが再三にわたり急いで図書館へ駆け出した後で、ハリーが「どうして回書館なんかに行かなくちゃならないんだろう？」と尋ねると、ロンが答えて言う、「ハーマイオニー流のやり方だよ……何はともあれ、まず図書館ってわけさ」（松岡佑子訳『ハリー・ポッターと秘密の部屋』、静山社、二〇〇〇年、三七八ページ）。ハーマイオニー同様、ジョアン・ローリングも十二歳の頃には善良な生徒で貪欲な読者だった。生涯のこの時期に、彼女はジェイン・オースティンのファンとなったのであり、ジョアンはオースティンを好きな作家としてたびたび挙げ、自分の好きな小説として『エマ』(一八一五年)を挙げている。彼女はオースティンについてのヴァージニア・ウルフの有名な描述、「偉大な作家のために、彼女は偉大さの現場をもっとも捉え難い作家だった」*に賛意を表しながら引用している。「みんなは物語の中に引き込まれてしまい、何か大きなことが行われているのを見たことは分かる」のだが、「照明弾を見ることはできない。何も閃光的なものは存在しな

* これは直接の引用ではなくて、ウルフのオースティンに関するエッセイ(最初『コモン・リーダー』(一九二五年)の中に収めて発表され、後にウルフの『エッセイ集』の第一巻(一九六六年)に再録された)において表明された意見のパラフレーズであるようだ。このエッセイの中で、ウルフはこう書いている――「このように、ジェイン・オースティンは表面上に現われているよりもはるかに深い情緒を支配できる人なのだ。彼女は存在しないものを補うように私たちを刺激する。彼女が提供するものは明らかに、つまらないことなのだが、それでも、それは読者の心中に拡大する何かから成っており、外面はつまらない人生風景のもっとも永続的な形を授けている」(148)。オースティンの『マンスフィールド・パーク』(一八一四年)からの一シーンを想起して、ウルフはこう語っている――「識別力ははなはだ完全だし、風刺ははなはだ正当だから、たとえそれが首尾一貫しているにせよ、ほんど私たちの注意を逃がれるほどである。〔中略〕こういう逃避性は実際には、しばしば多種多様な部分から成り立っていて、これらを統合するには特殊な天才を必要とするのである」(150)。

い」とローリングは述べている（"J. K. Rowling's Bookshelf"）。たしかに閃光的なものは皆無なのだが、オースティンおよびローリングの両者の偉大さは、二人ともにそれぞれのプロットを作動させる精妙さと巧妙さにあるのだ。彼女らの小説は注意深い読者に報いてくれるし、再読を促す。一見些細なディテールがしばしばはるかに大きな意義を有していることが判明するからだ。再読してみて初めて、われわれは第一章で仲人をすることに対してエマに警告しているナイトリーの予言的意味が読み取れるのである（「あなたは介入することによって、あの人たちのためになったというよりは、自分に害をあたえたらしいですね」〔阿部知二訳『エマ』、中央公論社、一九六五年、一四ページ〕）。それはちょうど、『ハリー・ポッターとアズカバンの囚人』の後で『ハリー・ポッターと賢者の石』に戻ることにより、後者の第一章でさっと触れただけの、一見無意味そうなシリウス・ブラックのもつ意味がはっきりするのと同じである。エマが自分の知覚力を再評価する、小説における後のシーン——「あらゆる瞬間が新鮮な驚きをもたらした」し、「彼女が体験して……きた幻滅をどう理解すべきか」と彼女は考えている——はそれぞれの「ハリー・ポッター」小説の終わりであれこれの形で繰り返されているが、それがもっとも著しいのは『ハリー・ポッターとアズカバンの囚人』の肝をつぶさせるような大団円において、ハリー、ロン、ハーマイオニーがシリウス・ブラック、リーマス・J・ルーピン、さらにはスキャバーズすらをも彼らが誤認したことを再評価するときである。ローリング自身も『エマ』について述べているように、「それは私がかつて読んだうちでもっとも器用に処理されたミステリーなのです」("Let me tell you a story")。

ローリングのオースティンへの愛着を暗示するものとしては、「ハリー・ポッター」の登場人物たちが郵便でやりとりしており、みんなが手紙を読むとき周囲に集まってくるというやり方に何となく十八世紀(または少なくとも十九世紀のごく初期)じみたものが見られる。ダドリーのテレヴィ・セット、コンピュータ、家庭用ゲーム機プレイステーションは、小説が一九九〇年代に生起していることをわれわれに想起させるし、周到な注意を払う人なら誰でも、〝ほとんど首無しニック〟の五百回忌パーティでのケーキが一四九二年の彼の絶命日を特定しており、『ハリー・ポッターと秘密の部屋』が一九九二―九三学年度に生起することを示唆していること(静山社版、一九二ページ)に気づくであろう。これらの事実にもかかわらず、ホグワーツ校および魔法界はEメールやインターネットの時代にあってはすばらしく古風に見える風習を保持しているのである。こう言ったからとて、〝ふくろう郵便〟によって配達される手紙とか、羽根ペンで書いている登場人物たちが、「ハリー・ポッター」シリーズを〝旧式〟にしているとか、現代英語との接触を失わさせているとかを暗示しようというのではない。オースティンの風刺的精神を一九九〇年代のカリフォルニアへ転化した、『エマ』の修正とも言うべき、エイミー・ヘッカリングの『よるべなし』（一九七五年）以上に、ローリングの小説は社会行動を風刺している。ローリングはオースティン同様に、作中人物たちに、それぞれの特徴を含意する名前（『エマ』におけるナイトリーとか、『高慢と偏見』における邪悪なウィックハム）を与えているけれども、ローリングのユーモア感覚はより戯画のほうに傾いており、彼女の付けた名前はよりディケンズ風に響く。たとえば、うぬぼれの強い、たあいない作家ギルデロイ・ロックハート。金切り声を立て続けるレポーターたるリタ・スキーター。堕落した、元気一杯の元クイディッチ・スターであったルド・バグマンといったように。しかしながら、ローリングの文学的アイドルの小説においてはまさにそうなのだが、どんなに目立たない作中人物でさえ一つの充足した歴史を有していることは、シリーズを通しての整合性により明証されているのである。つまり、一人のマイナーな作中人物が実はメジャーな人物であると判明するとき、ローリングには初めからそのことは明らかに承知の上だったのだ。

首席生徒から大学卒業生に至るまで

読者を驚かすローリングの能力が自分の知っていることを選択的に少しずつ洩らすこと

にあるとしたら、彼女自身の生涯は本人も予想できなかったような一連のつむじ風を放ってきたことになる。一九八〇年、ローリングが十五歳のとき、母親は多発性硬化症と診断されたのであり、この一件は深刻な影響を及ぼしたし、少なくとも部分的にはローリングがリーマス・J・ルーピン先生の性格描写をする一助になっている。シリーズを通してもっともアッピール力の強い人物のひとりルーピンもやはり、不治の病気を患っている（彼の場合は子供時代に狼人間に咬まれた結果だったのだけれども）。彼は聡明で、親切であるし、また狼人間に変身する間は彼を従順にする薬を服用できるのだが、それでもみんなから敬遠されている。たぶん母親による経験を仄めかしてのことだろうが、ローリングはルーピンの「狼人間になることは、実際には、病気や障害への人びとの反応に対しての隠喩なのです」（Fraser 22）と語っている。死に瀕していた母親との生活の悲しみをいくらか緩和することになったのは、ローリングが第六学年《シックスフォーム》の上級クラスにいたときショーン・ハリスが転校してきて、すぐに親友になったことである。「自分を逃亡させてくれた運転手にして、暴風雨の友」ハリスに『ハリー・ポッターと秘密の部屋』（一九九八年）は献呈されており、このハリスはその車、トルコ石色をしたフォード・アングリアで彼女をドライヴに連れ出しては、母親の病気の苦痛や、田舎で成長してゆくティーンエイジャーという退屈さから救ったのだった。それだから、『秘密の部屋』では、「ハリーとロン・ウィーズリーを救いだしたホグワーツ校へ連れてゆくのに私にはいかなる旧式の車も持ち得なかったのでして、それはトルコ石色のフォード・アングリアでなければならなかったのです」とローリングは語っている（Fraser 7）。「ハリーは私がその車で退屈さから救われたのとまったく同じように、その車で救われたのです」（8）。

退屈していたにせよ、そうでなかったにせよ、ローリングはハーマイオニーと同じように才媛であることを示したのであって、クラスで一番の成績を収め、ワイディーンの最終学年でヘッドガールに選ばれた。フランス語、ドイツ語、英語でAレヴェルを受験した（結果は英語とフランス語はA、ドイツ語はB）後で、彼女はタッツヒルから一二〇キロメートル（七五マイル）南方の、エクセター大学に入学した。言語を勉強すればバイリンガルの秘書として有望な道を歩めるだろうとの両親の忠告もあり、言語への心からの興味もあって、ローリングはギリシャ・ローマ文学研究のほかにフランス語も学んだ。たぶん自身にとって別の未来を予想してのことであろうが、ローリングは——卒業条件の一部として——パリでティーチング・アシスタントとして英語を教えて一年を過ごした。秘書として雇われるというもくろみよりも、語彙への愛が動機で、彼女はこれまでより以上に貪欲に風変わりな名前をいろいろと集めにかかる。この彼女の研究方向は、彼女にその作中人物たちに付与することになる名前に影響を及ぼしている。〝マルフォイ〟や〝ヴォルデモート〟はそれぞれ、フランス語〝背信〟（マルフォア）や〝死の飛翔〟（ヴォルドゥモール）に由来する。同じく、アーガス・フィルチの名前は、ローリングの古典への背景についてと同じくらい、この人物の個性についても多くのことを明らかにしている。つまり、オウィディウスの『変身物語』はユノーが百の目を頭の周囲に持つアルゴスに命じて、雌牛イオを見張らせた話を伝えているのだ〔『変身物語』巻一〕。〝フィルチ〟（とくに大した値打ちのないものをこそ泥することを意味する）と結びつけられると、〝アーガス〟はごく些細な違反行為でも生徒たちを罰しようと懸命な、小賢しい、ホグワーツ校の警戒怠らない管理人をうまく再現することになる。

　作家になることへの関心についてはなおも臆病なまま、ローリングはエクセター大学を卒業してから、従事するよう忠告されていた職業を開始しようとする。一九八六年に学士号を授与されてから、彼女はロンドン南西部のクラパムにあるフラット（共同住宅）に引越して、二カ国語を話せる生徒のための秘書養成コースを受講した。ローリングは秘書の仕事には不向きであることを自認しながらも、タイプをかなりのスピードで打つことを学んだことを「信じ難いくらい有益」だと気づいている。なにしろ、今や彼女はすべての著述をタイプできたからである（Fraser 18）。ローリングが十四歳のときに読んで「〔彼女の〕生涯を一変させた」本、ジェシカ・ミッドフォードの『令嬢ジェシカの反逆』のラディカルな精神におそらくは鼓舞されてのことだろうが、彼女も国際アムネスティの研究助手として働き、フランス語圏アフリカでの人権侵害を調査した（Carey; Fraser 19)。ランチ・アワーにはローリングは物語を創作し続けていたが、ワイディーンで行ったように友だちにそれらの物語を語ることはしないで、書きとめたのだった。ローリングはまだ「ハリー・ポッター」シリーズには着手してはいなかったけれども、ハーマイオニーの小妖精福祉増進協会（ＳＰＥＷ）がこの段階の彼女自身の人生における政治的行動主義の熱心さをパロディー化しているのではないかと思われないこともない。ローリングはエクセター大学を卒業して二年経たないうちに、秘書として働いた。そして、「誰も見ていなかったときには」オフィスのコンピューターで物語をタイプし、また会議中もノートを取るよりも、メモ帳の端に物語や作中人物名を書いたりした（"Not Especially")。ノートで一杯の箱の中のスクラップ・ペーパーの数枚を或るジャーナリストに見せたとき、ローリングは「これは私の雇用経歴なのです——これは私が仕事として実際にやらねばならなかったことの裏側なのです。表面には私の書いたものも少々はあります」(Stahl)。ローリングはまだ天職を見いだしてはいなかったが、しかし強い衝動が彼女を襲っていたのだ。大学卒業後の数年間に、彼女は大人向きの小説を二つ書いたのである（未刊）。

ハリーの誕生

一九九〇年、ローリングはボーイフレンドと一緒にロンドンからマンチェスターへ引越した。マンチェスターで或るフラットを探し求めて週末を過ごした後で、彼女は列車に乗り、ロンドンへ戻る二五〇キロメートル以上もの旅をした。窓の外を眺めたり、「特に何も考えないで」いたりする間に、彼女の思い出によると、「たまたまハリーについてのアイデアが脳裡に浮かんだのです。これまでかつてなかった、もっとも純粋なインスピレーションの一撃でした。ハリーはすっかり仕上がった形でやってきたのです。私は彼を見ることができましたし、彼の小さな丸い眼鏡を見ることができましたし、彼の傷跡を見ることができたのです。彼は私にとっては当初から実在の少年だったのです」(Adler)。幸運なことに、列車は遅延したのだが、ローリングは書きとめるべきペンを持っていなかった。誰かに頼んで借りる代わりに、彼女は座ったままで、何時間にもわたって、脳裡に浮かぶ登場人物たちを次から次へと刻み続けた――ほとんど首無しニック、ポルターガイストのピーヴズ、ハーマイオニー、ロン、ハリーを(Loer; Solomon)。ローリングが初めてハリーを見たときでさえ、彼女はハリー自身は魔法使いなのを知らないだろうが、それでも、彼はなぜかまったく知らずに全生涯を通じて奇妙なことを起こらせることが無意識にできるのだということを悟った。彼女は彼が生まれて以来、この名前は男女の魔法使いの名門学校で知れ渡っていたことをも知った。彼女はまた、彼を養子にする両親がこのことを彼から隠し、願わくば「彼から魔法を鎮圧でき」たらと望んでいることも理解した（Adler)。マンチェスターに戻ったローリングは、自分の生涯が予期せぬ方向に突き進んでいたのに、ずっとこの少年魔法使いの物語に取り憑かれ続けていたのである。ボーイフレンドとけんかした後、彼女はディッズベリーのバーンヴィルホテルにあるパブに行き、クイディッチを着想した（Fraser 23; "Magic, Mystery, and Mayhem")。

ハリー・ポッターについてのアイデアを初めてえた六カ月後に、ローリングの母親は四十五歳で亡くなった。ローリングは後に、ハリーに彼女自身の悲哀感をダブらせたことを認めている (Hattenstone)。『ハリー・ポッターと賢者の石』では、ハリーはみぞの鏡で自分の両親を見、「胸に、喜びと深い悲しみが入り混じった強い痛み」（静山社版、二〇四ページ）を感じている。みぞの鏡の中にいったい何をご覧になるのですかと尋ねられて、ローリングはこう答えている――「たぶん一九九〇年に亡くなった私の母を見ることでしょう。そう、ハリーと同様にね」(Barnes and Noble)。ローリングおよびハリーの切望は『ハリー・ポッターとアズカバンの囚人』においても再浮上しており、ハリーは前の晩父を見たという錯覚を思い起こしているのである。ハリーは言っている――「あれが父《とう》さんだと思うなんて、僕、どうかしてた」(静山社版、二〇〇一年、五五八ページ)と。ダンブルドアは答えている、「愛する人が死んだとき、その人は永久に我々のそばを離れると、そう思うかね? 〔中略〕君の父君は、君の中に生きておられるのじゃ、ハリー。そして、君がほんとうに父親を必要とするときに、もっとはっきりとその姿を顕《あらわ》すのじゃ」(同書、五五八―五五九ページ)。『ハリー・ポッターと炎のゴブレット』の終わりのあたりで吸魂鬼たちに苦しめられるときに、ハリーの母親の発する最期の悲鳴を聞く場合とか、両親の幽霊のような顔に出くわす場合とか、いずれの場合にせよ、彼の途方にくれた状態はローリングの「ハリー・ポッター」シリーズにおいてもっとも強烈なシーンのいくつかの土台になっている。親の死がわれわれの何歳のときに起きようとも、われわれの大半は――おそらくローリングも感じたであろうか――そのことによって少し孤児になった気分になるものだ。少なくとも、アン・ローリングの早世《そうせい》は、ハリーの感情経験がどれくらいジョアンの気持ちを反映しているかを示唆しているのである。

シングルマザーにして、かつ作家となる

母親の死から立ち直ろうとして、ローリングは一九九一年、ポルトガルのオポルトへ、外国語としての英語を教えるために移住した（"A Rowling Timeline"）。授業計画書の裏面とか、自由時間にスクラップ・ペーパーの上とかに、彼女は「ハリー・ポッター」シリーズのための走り書きをしたり、いろいろの名前を考想したり、物語の筋を組み立てたりした。名前に敏感なローリング〔発音は "rolling"〔転がる〕と同じ〕は生徒たちに、彼女の名前についてジョークを作ることを思いつかせる。けれども、彼女が子供のときに仲間たちがやったように "rolling pin"〔麺棒〕を使う代わりに、ポルトガルの生徒たちは "Rolling Stone"〔住所不定者〕と言うのだった（"Not Especially"）。生徒からの嘲《あざ》けりはそっちのけで、彼女は午後と夕方には英語教育をエンジョイし、他方、午前には作文することをエンジョイするのだった。シリーズを首尾よくスタートさせようと決意して、彼女は『ハリー・ポッターと賢者の石』のために、意にかなった章を見つけだす前に、まず一〇もの章をいろいろと書いた。

一九九二年、彼女はポルトガル人ジャーナリストであるジョルジ・アランテスと出会う。

二人はあちこちのカフェで文学を論じ合い、恋に陥り、短いロマンスの後で十月に結婚した。翌年七月に、ローリングはジェシカを生む。活動家ジェシカ・ミッドフォードに因んで名づけられたのであり、後者の勇気と「自己憐愍《れんびん》の全き欠如」という素質をローリングは崇拝していた——し、彼女は間もなくこの素質を必要とすることになるであろう——。ジェシカの誕生後、ローリングはアランテスへの愛情を失ってしまう。十一月十七日、彼女は感情の変化について夫に告げ、夫は彼女を無理矢理追い出すのだった。翌日、彼女は警官と一緒に戻って来て、ジェシカと、少しばかりの所持品と、「ハリー・ポッター」ノート全部、それに『ハリー・ポッターと賢者の石』の完成した三つの章を取り返した。一九九三年末に、ジェシカと手荷物を持って、彼女は英国へ戻り、スコットランドのエジンバラで、妹と義弟の傍らで暮らすことに決心する。二十八歳で無職のシングルマザーになったジョアン・ローリングは生活保護に頼って生きる身となってしまう。

ちょうどローリングが英国に戻った頃、ジョン・メイジャー首相の率いる保守党は、「原点に戻れ」(back to basics) のスローガンを公表しており、神話的、牧歌的な一九五〇年代の英国への〝回帰〟を要求したり、シングルマザーたちに社会の病根の責任を負わせたりしていた。日和見的な政治家たちに立腹し、結婚の失敗で意気消沈したローリングは、失業手当を受けている時間を使って、「ハリー・ポッター」シリーズの第一巻を完成することに決めた（当時でさえ、彼女は七巻シリーズの第一巻として考えていたのである）。彼女ははたして出版者（社）が見つかるか、心配していた。とにかく、彼女はただ何かをやらざるを得ないと感じたのである。ローリングが後に述べているところによると、「本を」書くことが「私の健康を救ったのです。〔中略〕私はこれほど健康が衰えていたことはありませんし、少しばかりの貯えもベビー服で底をついたのです。それまで働きに働いてきて、結婚したあげく、私は突如汚らしい小さなフラット住まいの無職のシングルペアレントとなったのです。原稿は私が自分にとってうまくいった唯一のものなのです」（Johnstone, "Happy ending"）。

事実、原稿と友だちとは、彼女が自分にとってうまくいったすべてだったのだ。ローリングがハリーの「友だちとの密接な関係」と一体になり、そして、友だちがいなかったら自分は途方に暮れていることだろうと信じているのも、決して偶然の一致ではないのだ（"JK Rowling Chat"）。彼女の旧友ショーン・ハリスはフラットの敷金を彼女に貸し与えたし、実妹ダイの夫がそのころ開業したばかりのカフェ、ニコルソンズにジョアンは座って、幾時間でも書き続けたのだった——娘が眠っている間、冷たいコーヒーをゆっくり飲みながら。彼女はまた、教員免許状を取得して、フランス語教師としての職に就こうとしたが、しかしこの目標に向かって励んでいるときでさえ、しばしば大学のコンピューターを使って、宿題の代わりに原稿を入力し続けるのだった。「私は自分に最終期限を課したのです。フランス語教師として働きだす前にハリー物語を終えて、これを出版できるようにしたい、と」(“Not Especially”)。

ジェシカを養育しうるように気配りしたり、この娘が十分に食べられるように自分自身はときには絶食さえしたりで、この数年はジョアン・ローリングにとって辛いものだった。「そこでの数年間、私はお金のことでほんとうに悩みました。まるで生活同居人でもあるかのように、お金と妥協していたのです」とローリングは回想している(Treneman, “Harry and Me”)。この数年間に彼女が耐えた憂鬱は、その想像上の表現を吸魂鬼《ディメンター》たちに見いだしているのであって、この頭巾状の冠毛のある生き物たちは「平和や希望、幸福を周《まわ》りの空気から吸い取ってしまう」のである。『ハリー・ポッターとアズカバンの囚人』の中でルーピン先生がハリーに告げているように、「吸魂鬼《ディメンター》に近づき過ぎると、楽しい気分も幸福な想《おも》い出も、一かけらも残さず吸い取られてしまう」(静山社版、二四三ページ)。幸いにも、ローリングの妹や、不断の創造行為が彼女を支えた。彼女はさまざまな典拠からインスピレーションを引き出しながら、ずっと書き続けたからだ。もちろん、ローリングは自ら改善策を試たわけではないが、『カルペパーの植物誌大全』は彼女がハリーの物語を考案する年月の間、彼女にとって幸運な掘り出し物だった。十七世紀にニコラス・カルペパーによって書かれ、今なお出版されているこの本は、薬の成分の名称や、フリットウィック先生（呪文学の先生）のもろもろの植物や、作中人物のいろいろの名前すらをも着想させたのだった。『ハリー・ポッターと賢者の石』を書き終えたとき、ローリングはこの話をダイ――ハリーの話を聞いた最初の人物――に物語って聞かせた。ダイはこれを面白がった。この妹の反応に勇気づけられて、ローリングはスコットランド・アート・カウンシルに助成金を申し込み、八〇〇〇ポンドを獲得した。このお金に支えられて、彼女はかねて計画中の「ハリー・ポッター」シリーズのためのノートを増やし続け、一九九五年にその第一巻を書き終えたのである。

ハリー・ポッターと出版社

リース・アカデミーでフランス語教師として働いたり、「ローハイドの主旋律の第一行（ゴロゴロ、ゴロゴロと進む荷馬車よ、ずっと動き続けておくれ……）とともに、廊下を歌って駆け下りたりしながら」（"Not Especially"）も、その間にローリングは『ハリー・ポッターと賢者の石』を出してくれる出版社を探し続けた。一つの出版社が送り返してきた後で、彼女は図書館に赴き、そこで『ライター&アーティスト用年鑑』（*Writers' &*

Artists' Yearbook）で著作権代理人たちのリストを眺めてから、二人に原稿を送ることに決めた。そのうちからの一つ、クリストファー・リトル著作権代理事務所を選んだのは、彼女がこの名前を気に入ったからだった。それはよけいな〝持ち込み原稿の山〟の上に積まれたのだが、二日後、リトルがたまたま誰かと一緒の昼食に赴く途中、それを拾い上げたのである。リトルは遅刻したのであり、そして彼がハリーについて読み始めると――リトルの言によると――「私のつま先が渦巻いた」（Stahl）らしい。昼食後、彼はローリングに手紙を書き、あなたの代理人をしたいと告げた。この封筒を受け取ったとき、彼女はてっきり断り状が入っているものと思った。ところが開封してみると、「有難うございました。専属契約をいたしたく、あなたの残りの原稿を送っていただけると幸いです」と書かれていたのである。彼女の回想によると、「それは生涯最高の手紙だったわ。八回も読み返しました」（Glaister）とのことだ。リトルは出版社を探し始めた。でも、ペンギン、トランスワールド、ハーパー＝コリンズはすべて、一二万語では児童書には長過ぎるとの理由で、原稿を返却してきた（Macdonald 9）。けれども、一九九六年末頃に、リトルは二〇〇〇ポンドでブルームズベリー社に版権を売り渡していた（Rustin）。この金額に、スコットランド・アーツ・カウンシルからの助成金を加えれば、ローリングには手にしていた職業を辞めて、全時間を執筆に充当するという生涯の夢を遂行することが可能となった。

「ハリー・ポッター」シリーズの第一巻をブルームズベリー社が出版した後で、リトルはローリングを呼んで、オークションが行われていると告げた。彼女は思った、「オークション? 〔中略〕サザビーの? クリスティーのアンティーク? 彼は何のことを言っているのか知ら?」と(Carey)。リトルは説明するのだった――アメリカの出版社数社があなたの本に入札の値を付けていて、値段が五桁にまではね上がっているのです、と。リトルが二時間後に電話をかけたときには、六桁にまで上がっていた(Weir)。「驚いたわ」と彼女は語っている。「私はエリザベス・ベネットみたいだったのよ。ご存知のように、〝彼女は幸せだということを感じたというよりも知った〟のですからね」(Darey)*。スコラスティック社のアーサー・A・レヴィーンはハイピリオン社、パトナム社、ランダム・ハウス社よりも高い値をつけて、この原稿に一〇万五〇〇〇ドルを支払った(Cowell)。レヴィーンの言によると、彼が「ハリー・ポッター」シリーズの第一巻に関してもっとも気に入ったことは、「真価を認められずに成長してゆくという考え、見捨てられた感じ、そしてそれから見いだされるというこの大きな満足」にあったという(Levine and Carvajal)。

続く数年間に、ローリングは見いだされるという大満足から、世界でもっとも人気のある作家になることへと急速に推移することになろう。英国出版社のマーケティング班のせいで、彼女はジョアン・ローリングではなくて、〝J・K・ローリング〟としても名声を得た。『ハリー・ポッターと賢者の石』が英国で出版される約二カ月前に、ブルームズベリー社は表紙に彼女のイニシャルを使ってもかまわないかどうかと尋ねた。彼女は了承し、「もし本を出版してくださるなら、私をイーニド・スノッドグラスと呼ばせてもけっこうですわ」と言ったのだが、でもどうしてなのだろうと、彼女はまだ不思議だった。彼女が尋ねてみると、ブルームズベリー社が〝J・K・ローリング〟のほうが〝ジョアン・ローリング〟よりも目立つだろうと考えていることを知る。それで、ローリングは「どうして？　ほんと？」と尋ねると、出版社は打ち明けるのだった、「ええとですね、私どもはこの本を好むのは少年たちだと思うんです。でも、これを書いたのは女性だとしたら、彼らははたして手に取ってくれるか確信がないのです」(National Press Club)。とにかく、この作者の性別は長く秘密のままではいなかった。一九九七年六月に出版されるや、『ハリー・ポッターと賢者の石』はあらゆる年齢層の読者たちの注意を引き、英国ベストセラー・リストのトップにのぼったのであり、そして僅か数カ月のうちに、〝J・K〟はスマ

＊『高慢と偏見』の第三巻第一七章において、ダーシーが（二度目に）プロポーズしてから、だがエリザベスが自分の家族のことを語り終える前に、オースティンは「エリザベスは心が動揺し混乱して、自分をしあわせと感ずるよりは、自分のしあわせなことを知っているだけという次第だった」（富田彬訳、岩波文庫（下）、一九九四年、二四九ページ）と書いている。

ーティーズ・ブック賞を受けるために（ローリングの皮肉なコメントによれば、「偽ひげを付けること」なく）テレヴィジョンに登場した。「ハリー・ポッター」シリーズの第二巻が翌年七月に出版されたときには、熱烈に書評に取り上げられたし、目ざましい売れ行きを示した。九月、スコラスティック社は合衆国でこの小説の第一巻を出版した（*Harry Potter and the Sorcerer's Stone*『ハリー・ポッターと魔法使いの石』として）。十月、ローリングは初めて合衆国に旅行し、一〇日間のブック・ツアーに乗り出した。彼女はその作品に対する子供たちの熱狂に元気づけられたし、また彼女にとって驚きだったのは、多くの子供たちが合衆国で『ハリー・ポッターと秘密の部屋』が出版されるのを待ちきれずに、インターネットを通して英国の本屋から直接購入していたのである（Walker, "Edinburgh author"）。十二月、この本は「ニューヨーク・タイムズ」のハードカヴァー・ベストセラー・リストに登場し始めた。

ポッター熱

一九九九年、ローリングはスーパースターになり、ハリー・ポッターは国際的現象となった。一月、アメリカではまだ有名人でなかった彼女は自分の幸運に驚きながら、三週間の合衆国ブック・ツアーに乗りだした。後に同年に『ハリー・ポッターとアズカバンの囚人』を宣伝するために戻ってきたときには、大群衆に取り囲まれたのであり、活字メディアは公衆の反応をビートルズの合衆国ツアーに比較し、ローリングのツアーを〝ポッター熱〟と呼んだ。アメリカへの往来の旅の間にも、彼女は第四の小説を書き続け、それから『ハリー・ポッターと運命まじない選手権大会』と題して出版されるや、彼女の公けにされた横顔をポップスター、首相、大統領のレヴェルにまで高めた。名士になるという考えには心地よくなかったローリングは、マスメディア仲間たちが戸口の上がり段に現われ始めると、ますます狼狽するようになった。『ハリー・ポッターと炎のゴブレット』におけるリタ・スキーターを、タブロイド版新聞への回答と見るのも魅力的なことではある。ハーマイオニーはスキーターに対して、「あなたは新聞記事のためなら、何だって平気なのでしょうね。でもまさか誰でもそういうことを欲したりはしないいんじゃない?」(391)と叫んでいるのだ。ローリングは、「リタ・スキーターは〔中略〕常にプランにありました」と主張している。しかし、と彼女は付言して、「もし私がたくさんのジャーナリストに出会っていなかったとしたら、私がやった以上のことさえ彼女のことを書いて楽しんだと思うわ!」と述べている。

ローリングは『炎のゴブレット』をサポートするために大規模なブックサイン会のツア

ーを開始する決心をしなかったけれども、若干の朗読会には同意した。たとえば、十月二十二日、カナダのトロント市において。そのときには、彼女とカナダ作家ケン・オッペルおよびティム・ウィン＝ジョーンズは、ハーバーフロント・センターでの国際作家フェスティヴァルの一部として、スカイドームで一万五〇〇〇名の群衆に訴えかけたのだった。これほどの大群衆を前に気づかって、彼女は冗談まじりに言うのだった、「まるでみなさんをそっくり革命に導いているような気分です」(Egan)と。彼女のトロント市訪問への決心は、明確に言うと、一部は切符を子供たちが出席できるだけの低料金に押さえるという主催者側の約束、一部はトロント地区の家族と彼女の友情に基づくものだった。一九九九年七月、ハリー・ポッターのファンだった九歳の少女ナタリー・マクドナルド（白血病で死にかけていた）の送った手紙が、ちょうどローリングが二週間のヴァケーションに出かけた直後に届いた。ローリングは戻るやすぐさま、ナタリーとその母ヴァレリーにEメールを送った。ナタリーは前日亡くなっていたのだが、ジョアンとヴァレリーは文通を始めたのだった。そしてヴァレリーの娘への敬意として、〈組分け帽子〉はナタリー・マクドナルドをグリフィンドール寮に送り、ナタリーを「ハリー・ポッター」シリーズにおいてこれまで現われた唯一の〝実在の〟人物にしているのである（*Goblet of Fire* 159）。英国での朗読会や、ラジオ・フォーの「デザート・アイランド・ディスクス」でお気に入りの音楽を挙げたり、また、ニューヨークでスコラスティック社の「ハリー・ポッターはどう私の生涯を変えたか」コンテストの一〇名の賞金獲得者（一万名の参加者があった）との朝食会、といったイヴェントを除き、ローリングは公けの場に姿を現わすのを限定して、娘と一緒に家庭に留まり、第五の小説——仮題『ハリー・ポッターと不死鳥結社』——の執筆をするほうを選んでいる。

業績を認められて、ローリングは二〇〇〇年六月、英国勲功章（ＯＢＥ）を受章した。同月、彼女はセント・アンドリューズ大学より文学博士号を授与されたし、また七月には、母校エクセター大学は彼女に名誉文学博士号を授けた。エクセター大学教授ピーター・ワイズマンの説明によると、「彼女の書き物は世界をより良い場にしてくれる」との理由からである（"Now it's Doctor Rowling"）。ローリングがもっとも幸せなのは執筆中なのだが、彼女は自らの知名度を利用して、世界をより良い場にする手助けをしてきた。二〇〇〇年、彼女は五〇〇万ポンドを片親家族のための英国全国協会へ寄付した。そして、同年十二月には同協会の慈善大使として最初のスピーチを行った。ローリングは自分がシングルマザーとして苦闘していたとき、前首相ジョン・メイジャーによって促進された〝原点に戻れ〟という教書を批判したし、また彼女は、社会は二親の、異性愛のモデルを〝好ましい規範〟として採用すべきだと発言した、当時の影の内閣の内相アン・ウィッドカムの説を拒絶した。英国の子供の四人に一人がシングルペアレントによって育てられているということに注目して、ローリングはこう発言するのだった、「たしかに私たちは一部の人びとにとっては望ましい普通の存在ではないかも知れませんが、それでもこうしてここに生きているのです」と。『ハリー・ポッターと炎のゴブレット』第二七章におけるシリウス・ブラックの言葉を反映して、彼女はこう付言したのだった、「社会の文明化の度合いは、何をもって規範と呼びたいかということではなくて、社会でもっとも傷つきやすい人びとをどう扱うかということによって判断されねばなりません」。とにかく、「貧困という要素を方程式から引き去れば、ワンペアレントの家庭の大多数の子供たちは、両親のそろった家庭の子供たちとまったく同じようにやっているのです」(Judge)。彼女はまた、全国協会の発行するパンフレット「私たちとまったく同じ家族」への序文も書いた。ローリングの言葉によると、このパンフレットは「家族には多くの違った形とサイズがあるという事実を反映し、かつ賛美する児童書を探し求めているすべての親御さん」のためのものなのだ(1)。

世界の最貧国の子供たちを救済するための団体コミック・リリーフU・Kへ収益を寄付するため、ローリングは「ハリー・ポッター」シリーズの中に出てくる本のうち二冊を執筆した。一冊はニュート・スキャマンダー著『幻の動物とその生息地』、もう一冊はケニルワージー・ウィスプ著『クイディッチ今昔』である。これら二冊の書物がコミック・リリーフにできるだけたくさんの収益を生むようにするために、出版社も書店もその労働を提供したり、あるいは、通常の利益以下しか受け取らないことに同意したりしたし、「USAトゥデー」や「ニューヨーク・タイムズ」のような刊行物は広告欄を提供した。ローリングの本が集めると期待される二二〇〇万ポンドのお金は、エイズ教育の資金になったり、戦争で生き別れの家族を再会させるのを助けたり、その他の慈善事業に寄与されることであろう。二〇〇一年三月に発行されたこれら二冊の〝関連《かんれん》〟本を見ても、ローリングがこの魔法世界をいかに十分に想像したかを示しているし、風刺への彼女の偉大な才能を表示しているし、また、ファンたちには彼らが第五回分を待つ間に読むべき何かを、それら関連本は与えてくれているのである。

2　物語

「どうしてこれらの本はそんなに人気があるの？」とは、J・K・ローリングに対してきわめて頻繁に尋ねられる質問である。彼女の答えは？「私はそれを分析したくありません。定式があると決めつけたくはないのです。〔中略〕だって、私は書きたいやり方でそれらを書き続けたいですし、ご存知のように、そこに成分Xを入れたくはないからです」。彼女の結論は、「そんなことを決めるのはほかの人びとであって、私ではないのです」(National Press Club)。この質問がひどく答えにくいように見えるかも知れない一つの理由は、「ハリー・ポッター」シリーズが一生の読書の創造的総合であり、そしてローリングがはなはだ広く読まれているということにある。もう一つの理由は、これらの本が多くのレヴェルで作用しており、意味の層が厚いということにある。これらの影響を引き出したり、これらの層の若干を綿密に検討したりするために、本章はこれらの本が作用している多くのレヴェルを調べたり、このシリーズを位置づけるべき多くのジャンルを眺めたりすることにする。

教育――トム、アリス、そしてハリー

ローリングはそのお気に入りの中に学寮物語を含めてはいないけれども、「ハリー・ポッター」シリーズが借用している一つのジャンルは、トマス・ヒューズの『トム・ブラウンの学校時代』（一八五七年）を先祖とする寄宿学校小説である。ローリングのシリーズは〝ハリー・ポッターの学校生活〟ではほとんどないが、アルバス・ダンブルドアを校長とするホグワーツ校は、『『トム・ブラウンの学校生活』における』トマス・アーノルドを校長とするラグビー校と同じく、生徒たちに知識ばかりでなく、道徳教育をも授けようと努めている。主人公たちが教室内で学ぶことは、教室外で学ぶことと同じくらい重要なのだ。『賢者の石』の最終章でハリーが悟っているように、ダンブルドアはハリー、ロン、ハーマイオニーが賢者の石に到達しこれを守ろうとするだろうことを知っていたのであり、そして「僕たちを止めないで、むしろ僕たちの役に立つよう必要なことだけを教えてくれた」（静山社版、四四五ページ）のである。より小規模にではあるが、ちょうどトム・ブラウンがフラッシュマンに立ち向かうには勇気がいるのと同じように、ハリーはホグワーツ

校のがき大将ドラコ・マルフォイに立ち向かうことによって道徳的素質の強さを示しているし、またトムがサッカーやクリケットに秀いでているように、ハリーはクイディッチに秀いでている。しかしながら、こうした一般的な類似性を超えると、比較は壊れてしまう。「ハリー・ポッター」は道徳的なシリーズであるのかも知れないし、クイディッチの中心的役割は身体的教育の重要性を示唆している。しかしながら、ローリングの男女共学的なホグワーツ校は、トマス・ヒューズの男子だけのラグビー校の〝筋肉的キリスト教〟*とは大きな隔たりがある。ヒューズの語り手はもっぱら読者に説教することに懸命になっているのに対して、ローリングの語り手は物語にそのモラルを伝達させるがままにしていて、介入することはしていない（著しい例外はダンブルドアであって、彼はそれぞれの本の終わりで干渉して、何らかの道徳的結論を提供しようとしている）。両方とも主要人物たちは互いの友情を通して成長しているが、ハリー・ポッターの友だちは、ハリー・イーストやジョージ・アーサーより以上に中心的であるように思われる。ハリーは明らかにシリーズにおけるスターであるのだが、しかしこれらの物語はロン・ウィーズリーやハーマイオニー・グレンジャーの成長についてもほぼ同じくらい多くのことを言わんとしている。

ハリーとロンはやや規則的にトラブルに巻き込まれるのだが、しかしシリーズを通して物語が（多くの生徒物語がやっているように）いたずらをそれ自体のために賛えることは稀である。トム・ブラウンやハリー・イーストのいたずらっぽい側面は、リッチモール・クロンプトンのウィリアム、フランク・リチャーズ〔チャールズ・ハミルトンの筆名〕のビリー・バンター、アントニー・バカリッジのジェニングズ、ジェフリー・ウィランズおよびロナルド・サールのモールズワースといったような作中人物たちにおいて十分に表現されている。けれども「ハリー・ポッター」シリーズにおける腕白生徒たちは、ウィーズリー家の双子フレッドとジョージなのだ。彼らは決して中心的人物ではない。実際、ハーマイオニーはハリーにとって、ロンとまったく同様に善良な友人であるのだが、規則への忠誠感では行き過ぎたところがある。彼女の性格が示しているように、規則破りはいかなるときもなすべき正しいこととは限らないのであって、たとえば、彼女はハリーとロンに対して、真夜中の決闘のためにマルフォイやクラッブと会わないよう忠告しているのである。二人はグリフィンドール寮の得点を減ずる危険があるだけでなく、マルフォイが二人のために仕掛けた罠《わな》にひっかかることにもなる、と。だがマルフォイは決して決闘で負かしてやろうと意図したわけではなくて、ハリーとロンが決闘をやろうとして、管理人フィルチやその飼い猫ミセス・ノリスに捕まえられることを望んだだけだったのである。ロンとハリーがいくつかの規則や掟の重要性をだんだんと認識していくのは、ハーマイオニーの影響によるところが

＊ 頑健な肉体と快活な生活を目的にしている。(訳注)

多大であるにしても、同じく言えることは、どの掟が正しく、どの掟が不当かを判断したくなっていく彼女の気持ちは、ロンとハリーが彼女に及ぼす有益な影響の反映だという点だ。シリーズを通して、物語は規則破りをそれ自体のために賛えているのではなくて、むしろ規則破りの背後にあるさまざまな理由を省察するように、読者に要求しているのである。

「ハリー・ポッター」シリーズは道徳訓を提供してはいるのだが、しかしローリングの教育観はルイス・キャロルのそれにより明白な類似点をもっている。(しかも、妹が兎の穴の中に落ちるといった、ローリングの初期の作り話からも、ローリングはごく若い頃からアリスに馴染んでいたらしい。)ふざけていると同時にまじめでもある、ホグワーツ校の最上の教訓は、――『不思議の国のアリス』におけるキャロルの批判から判断すると――伝統的なヴィクトリア朝の教育に欠如していたことや、今日の退屈な教室に欠如しているものを提供しているのだ。アリスが授業からはほとんど有益な情報を得ていないのは、彼女が暗記すること、ただし、決して質問したり、学習したことについて考えないことを教えられてきたからである。『アリス』(一八六五年)では、アリスは「教訓を言うこと」を想起しており、「そして(韻文を)反復し始めた」(23)のであり、そして後には、「生き物たちはいかに人をこき使い、人に教訓を反復させるか」を思ってから、アリスは決意する――彼女は「ただちに学校に出席するほうがよい」(106)と。グリフォンも言うように、「これこそがそれらが教訓と呼ばれる理由なのだ〔……〕、なんとなれば、それらは日に日に小さくなっていっているからである」(99)。ローリングはビンズ先生なる人物におけるこういう暗記的学習過程を嘲《あざ》けっているのであり、ビンズの名前は〝生ごみ入れ〟(dust-bins)の音を響かせている(彼の授業が〝つまらない物〟(rubbish)だということを暗示するユーモラスなやり方)し、彼が生徒たちに単調な授業を続けるので、彼らは目を覚ましてノートを取るために格闘しなければならなくなるのである。ビンズは教員室で居眠りしていて死んでしまい、そして「翌朝起きてクラスに行くときに、生身《なまみ》の体を教員室に置き去りにしてきてしまった」とうわさされており、適切に言えば、彼は「魔法史」を教えているのだが、「これは唯一、ゴーストが教えるクラスだった」(『賢者の石』、静山社版、一九八ページ)。『不思議の国のアリス』第三章におけるマウスのはなはだ〝無味乾燥な〟歴史の授業が、動物たちの質問によって中断されなければひどく退屈なのと同じように、ビンズのクラスはクラスの者が質問を浴びせる日にのみ興味深いのである。『ハリー・ポッターと秘密の部屋』の中で、ハーマイオニーが秘密の部屋についてビンズに尋ねるとき、彼は「こんなに興味を示されることなど、かつてなかった先生が、完全にまごついて」いながらも、しかしなんとか答えると、クラス全体がビンズ先生の一言一言《ひとことひとこと》に耳を傾け、そしていろいろと質問を出している（同書、静山社版、二二四ページ）。

数、名前、記号、ゲーム

ローリングの教育モデルがキャロルのそれと連合されうる限りでは、忠告の第一は、生徒たちが学ぶのは彼らが暗記するだけでなく、知識を活用もするときだけであるということ、第二は、学習は面白くなくてはならないということである。キャロルの本におけるアリスや、ダイアナ・ウィン・ジョーンズの『クリストファー・チャントの生涯』における題名の主人公と同じく、ホグワーツ校の教育の行き届いたクラスにおける生徒たちは、行動によってもっともよく学んでいる。たとえば、ルーピン先生は魔法生物たちから身をかわす実地演習を生徒たちに課しているし、ムーディ先生は生徒たちに呪いから身をかわさせることにより、彼らの力量を試している。（チャントと密接に結びついた）語りの声がジョーンズの小説では所見を述べているように、「彼はほんとうに……現実に何かをなす魔法を行うことを好んだ。〔中略〕このことが、彼が学校で学ぼうとしたばかげたことよりもはるかに魔法を興味深くしたのである」(92)。ジョーンズ、キャロル、ローリングの本の中では、学習の楽しみは、言葉、数、観念でのゲームを通して表現されている。ローリングはパズルやゲームへのキャロルの好み（「なぜ大がらすは書き物机に似ているか？」）を共有して、第一巻の終わりでは論理のパズルを、第二巻では字謎〝トム・マールヴォロ・リドル〟〔ヴォルデモートの本名〕を、そして第四巻の第三の仕事ではスフィンクスの謎を提供している。* キャロルのゲームのいくつかは、ローリングのそれを直接着想させたように思われる。たとえば、（『賢者の石』の最後における背の高いチェスの駒は言うまでもなく）生きているチェスの駒とチェス盤の一式は、『鏡の国のアリス』（一八七二年）を想起させるし、また、〝サレー州　リトル・ウインジング／プリヴェット通り4番地　階段下の物置内／ハリー・ポッター様〟（『賢者の石』、静山社版、五四ページ）宛の数々の手紙は、『不思議の国のアリス』における〝煖炉まえ町／じゅうたん上ル／アリスの右足さま（アリスより愛をこめて）〟（矢川澄子訳、新潮社、一九九〇年、一八ページ）を想

＊　キャロルの大がらすと書き物机に関する謎――『不思議の国のアリス』の〝め茶く茶お茶会〟の章に現われている――には、多くの解答があるのだが、キャロルのお気に入りの解答は、「はなはだ平板にせよ、若干の符号を生じさせうるがゆえである。〝nevar〟は前後転倒したものであって、引っくり返すと〝raven〟（大ガラス）になるのである」（72）。マーティン・ガードナーは *The Annotated Alice: The Definitive Edition*（71－73）において、ほかにも多くの解答を集めている。『秘密の部屋』の読者は〝TOM MARVOLO RIDDLE〟が実は〝I AM LORD VOLDEMORT〟〔私はヴォルデモート卿である〕の字謎だと知ることであろう。

起させる。みぞの鏡なる名称（“Erised”は“desirE”（のぞみ）の逆綴である）とても、その先例は『鏡の国のアリス』にあるのかも知れない。[*] しかしながら、ローリングのゲームの大半には、そういうはっきりした直接の影響が見られないのであり、代わりに、それらゲームはキャロルのみならず、ノートン・ジャスターにも特徴的な、ある種の知的な遊び感覚を示唆している。

もう一人の文学的孤児、L・M・モンゴメリにおけるアン・シャーリーの句を借用すれば、ジャスターの『幽霊トルブース』（一九六一年）およびキャロルの『アリス』本において明白な、想像力への視界は、より控え目なやり方でではあるが、ローリングの作品に生気を与えている。『幽霊トルブース』の第一四、一五、一六章はミロをしてその数学的技術を活用するよう強いているが、ローリングは『賢者の石』の「ダイアゴン横町」の章（第五章）を通して、数学の主題を徐々につくり上げていっている。この章の数学的な手掛かり（“diagonally”〔対角線的に〕）の後で、ローリングはこの章の多くを素数であふれさせている。たとえば、魔法使いの貨幣制度は、ハグリッドも説明しているように、素数――「十七シックル銀貨が一ガリオン、二十九クヌートが一シックルである」（静山社版、一一四ページ）――に基づいている。17も29も素数なのだ。（父親ジェームス・ポッターは一一インチの魔法の杖を用いたし、ハリーのそれもやはり一一インチの長さなのであって、ハリーはそれのために金貨「七ガレオン」を支払い、手紙を発送するために、ふくろうに銅貨「五クヌート」を与えている（静山社版、九五ページ）。11、7、5は素数だし、七ガレオンと五クヌートはともに素数の積になっているのである。このことが興味深いのは、ハグリットが魔法使いの銀行グリンゴッツの七一三番金庫から賢者の石を探し出しており、しかも713は二つの素数23と31の積であるからだ。** 素数が神秘的だと考える人がいるとしたら、この章における数の使用はこの小説の魔法なる主題や超自然なるものなる主題を巧妙に導入していることになる。シリーズが七冊になるだろうという事実を論じているとき、ローリングは言うのだった、「七は魔法的数、神秘的数なのです」（Mehren）と。

---

* 『賢者の石』第九、第一〇章におけるグリフィンや『不思議の国のアリス』のすべてがローリングに影響を及ぼしていないとしても、おそらくグリフィンがオックスフォードのトリニティ・カレッジの校章である（ロンドン市のシンボルでもある）という事実が、ホグワーツ校の校章に影響を及ぼしたのであろう（同校では、グリフィンドール寮としてグリフィンが取り込まれている）。同様に、ローリングのカドガン卿（馬から転落しがちである）は、キャロルの白い騎士を想起させるし、両方の人物とも、文学上の先祖としてはセルヴァンテスのドン・キホーテを共有しているのである。

** 本章におけるローリングの素数の使用に対して、私に注意を喚起してくれたのはグロリア・ハードマンであり、感謝したい。キャロルのゲーム、数字、等に関してのさらなる情報としては、*cf.* Martin Gardner, *The Universe in a Handkerchief: Lewis Carroll's Mathematical Recreations, Games, Puzzles, and Word Plays* (1996).

ダイアゴン横町における数遊びのようなディテールは、シリーズを通しての最初の旅の間、読者たちには気づかれないかも知れない。これらの物語はプロットによってじょうずに進行させられているからだ。けれどもこれらの物語は、まじめな読者たちや年齢に関係ない二度めの読者たちに報いてくれる引喩的な作品なのだ。ハリー、ロン、ハーマイオニーが多くの時間を図書館で過ごしているのも、決して偶然ではないのである。ローリングの想像上の源泉から判断するに、彼女自身、多くの時間を図書館で過ごしているはずなのだ。名前だけを取ってみても、彼女の物語がいかに多くのレヴェルで作用しているかが明らかとなる。アリスン・リュリーは、ハリーという名前は「職人芸のみならず、英文学および英国史をも示唆する」と信じている。「なにしろシェイクスピアのヘンリー四世における、勇敢で、魅力的で、衝動的な青年武将ハリー・ホッパーならびに主人公ハル王子。もう一人の魅力的で衝動的な古典的主人公ピーター・ラビットを創りだした、ビアトリクス・ポターを示唆するからだ」。リュリーのコメントも示しているように、名前は多方面で共鳴している。博学な人びとなら、フィルチの飼っているスパイ猫ミセス・ノリスの名前が、ジェイン・オースティンの『マンスフィールド・パーク』（一八一四年）におけるファニィーの意地悪で、横暴なおばから借用されたこととか、ハーマイオニーの名前が、シェイクスピアの『冬の夜ばなし』（一六一〇―一六一一年）の中で、彫像と思われているものが蘇えるまで死んだと考えられてきた人物と同じだということとかに気づくかも知れない。また文献学者なら、ホグワーツ校の校長アルバス・ダンブルドアは、名が知恵とか白さを意味しており、姓が古英語でマルハナバチを意味することに気づくかも知れない。キリスト教の知識のある人びとなら、ハリーのふくろうヘドウィッグが中世の聖女にちなんで名づけられていることに気づくはずだ。ホグワーツ校の校医マダム・ポンフリーの名のポピーは、濃縮するとアヘン（つまり、かつては苦痛を和らげたり、病人をなだめたりするために用いられてきた麻酔剤）になる、例の花を指しているのかも知れない。でも、（たとえば）ハーマイオニーの数占い教師ヴェクトル先生が数学用語に因んで名づけられていることに気づかないからとて、『ハリー・ポッターと炎のゴブレット』の楽しみを減じることにはならない。むしろ、「ハリー・ポッター」シリーズは想像上のディテールが豊かであり、引喩に満ちているため、引き続いての読書においてのみ充分に鑑賞できるのである。

筆名による二冊の教科書、『幻の動物とその生息地』および『クイディッチ今昔』では、キャロル、ジャスター、P・L・トラヴァーズ、エドワード・リア、ドクター・スースと同等の創意工夫を、ローリングは発揮している。「ハリー・ポッター」シリーズも、やはりこれら作家たちの作品に特徴的な、想像力の逞しいもろもろのアイデアで泡立っているが、これらの教科書にあっては、ローリングの言葉遊びはほとんど付随的――愉快なタッチ――であるように見える。つまり、後景に置かれているのであり、おそらくは、彼女は自分の作中人物たちの世界をどれくらいまで想像したのかを、私たちに想起させようとしているのであろう。彼女はバーティ・ボットの百味ビーンズ（これらは、通常の味に加えて、腸、肝臓、耳あかのような味がするインゲン豆をも供している）とか、チェスの駒《こま》の話とか、動く物体のついた絵とかについて長々と書くことをしていない。おとぎ話の中での役柄なら、狼が話すとか、蛙が王子になっても驚くことはないが、それと同様に、ローリングが提供しているのも、魔法が当然のことと思われている風景の一部になり切ってしまっている、実際的なファンタジーである。もちろん、われわれや作中人物たちでさえそういう魔法的項目を当然のことと見なすものだが、彼女は決してそうはしないで、注意深くそれらをプロットに適合させるべく変更しているのである。『ハリー・ポッターと炎のゴブレット』は地方の或るパブでのうわさ話で始まっており、そこでは肖像画の主体はうわさ話につれて、枠《フレーム》から枠《フレーム》へと移動している。祝日のお祭騒ぎの間に、これら肖像は少々ほろ酔い気分になるのであり、そして、訪ねてくる生徒たちのために城〔ホグワーツ校〕が片づけられた後で、絵〔複〕は洗濯板でこすれ合い、それらの皮膚がそのためにひりひり痛むのを感じるときに渋面をつくっている。『ハリー・ポッターとアズカバンの囚人』

では語りが暗転すると、グリフィンドール塔への入口の肖像画の中の「太った婦人《レディー》」がシリウスのナイフで切りつけられるとき、プロットの中心に躍り出てくる。しかしながら、太った婦人またはカドガン卿が前景に移動するときでさえ、ローリングの魔法的な創意工夫は主要人物たちに注目を独占させてはいない。彼女は彼らのためにアイデアを見せびらかすとか、うっかり口に出すとかということを決してしてはいないようだ。望遠鏡《オムニオキュラーズ》、ペンシーヴ（考えるざる）、タイムターナー（逆転時計）や、生きた肖像画はことごとく、物語を器用に進行させることにより、われわれとしては、ローリングのプロットが常にトリックではなくて、キャラクターに基づいていることを想起させられることになる。

「ハリー・ポッター」シリーズにおける性格描写は、心理的リアリズム、カリカチュア、メロドラマ、といった各要素を結び合わせている。スタン・シャンパイク〔夜の騎士《ナイト》バスの車掌〕やアーニー・プラング〔夜の騎士《ナイト》バスの運転手〕はなるほどカリカチュアに負うところが多大だが、ローリングの創造物は一つのカテゴリーだけにぴったり当てはまらないのが通例なのだ。仮に悪役たちが一見メロドラマ風に見えても、次の瞬間には少々より親密に見えてくるのだ。『ハリー・ポッターと炎のゴブレット』におけるヴォルデモートの会話の大半は慣例的なメロドラマを超えていて、メロドラマ的キッチュにふざけ気分で耽っている。ヴォルデモートはユーモアのセンスさえ発揮しているのであって、たとえば、自分の再生を手助けしてくれた「三つの強力な成分」への必要性を詳述するとき、「そう、それらのうちの一つはすでに手元にあったんじゃなかったかね、虫の尾君《ウォームテール》*。肉体は召使いから提供されたんだったな」(59) とからかっている。「手元に」という彼のだじゃれは、虫の毛が手元にないだけではなくて、虫の毛の手が血肉となり、ヴォルデモートが肉体を回復する助けとなったということを知っていることを暗示しているのだ。ヴォルデモートがきざっぽいカリカチュアに留まるのを避けようとして、ローリングは彼の幼年時代、学校時代、そして父殺しについてわれわれに語るのである。ヴォルデモートの内面生活——父親から拒絶され、孤児院で育てられた——は、彼に全き同情を呼び起こす。もう一人の悪役的な人物スネイプは、ユダヤ人のステレオタイプに不幸にも似ている。ずる賢く、脂ぎった毛髪をしており、黄色の皮膚をした彼は、かっと怒りながら早口でまくし立てているし、ネヴィル・ロングボトムのヒキガエルばかりか、ハリー自身をも毒殺してやると脅している。けれども、スネイプの学校時代や、二重の代理人としての仕事はダンブルドアの信頼と結びついて、彼をシリーズの中でもっとも陰謀的な登場人物たちの一人にしている。男女の主人公たちにはもちろん、この上なく細々した内面生活が与えられている。しかしながら、われわれはほかの誰よりもハリー、ロン、ハーマイオニーについてはるかによく知るのだけれども、ローリングは死ぬ前の〝嘆きのマートル〟〔ホグワーツ校の女子トイレに取り憑いているゴースト〕の生涯や、ハグリッドの青春期や、ネヴィル・ロングボトムの幼年時代についてはちらっと瞥見《べっけん》させているだけである。『ハリー・ポッターと炎のゴブレット』で明かされるロングボトムの狂気についての悲話は、このネヴィルを当初そのように思われていた面白い人物としてのみ見なすことをますます困難にする。ネヴィルが苦しんだことは、ハリーが「まだ生きている両親がいながら、君を見分けられないとは、何と痛ましいことか」と想像するときに悟るとおりなのである。ハリーは「孤児であることで、見知らぬ人びとからしばしば同情された」とはいえ、「ネヴィルのほうが自分が受けた以上のそれ〈同情〉に値いした人だと」(527) 考えるのだ。

ロアルド・ダールのジェームズ・ヘンリー・トロッターとか、チャールズ・ディケンズのオリヴァー・トゥイストやデイヴィッド・コパーフィールドと同じように、ハリー・ポッターも初期の悲劇によって特色づけられており、残酷な、代理の両親と一緒に住むことを強いられる。ハリーを育てる伯父・伯母たるヴァーノン・ダーズリーとペチュニア・ダーズリーは、ダールの『マチルダはちいさな大天才』(一九八八年) におけるウォームウッド夫妻に酷似しているが、しかしハリーの初期はむしろダールの『おばけ桃の冒険』(一九六一年) におけるジェームズ・トロッターのそれをよりぴったり反響している。四歳の

* ピーター・ペティグリューのニックネーム。

とき、怒り狂った犀《さい》たちが動物園から逃亡し両親を踏みつぶしたために孤児になったジェームズは、おばスポンジとおばスパイカーという、二人の「実に恐ろしい人びと」によって育てられるのであり、彼女らはこの甥を「監獄の独房同然に空っぽの」(2)一室の中に住むように強いるのだ。一歳頃のときに両親が同時に殺害されて孤児になったハリーは、恐ろしい伯父・伯母と一緒に暮らすことになり、二人は彼を階段の下に住まわせるのである。ジェームズ・トロッターやデイヴィッド・コパーフィールドの成長と同じように、ハリーの初期の生活は彼のうちに或る程度の自信喪失を生じさせ、彼に同情心を起こさせるとともに、彼が自分の能力に目覚めるにつれて、より自信を抱くようになる余地も与えられる。『秘密の部屋』の第二章の終わりでは、自らの根深い苦労を表示するかのように、ハリーはカフカの『断食芸人』(一九二四年)に着想されたと思しき夢を見ている――「夢の中でハリーは動物園の檻《おり》の中にいた。〝半人前魔法使い〟と掲示板がかかっている。鉄格子のむこうから、みんながじろじろ覗《のぞ》いている。ハリーは腹をすかせ、弱って、藁《わら》のベッドに横たわっている」(『秘密の部屋』、静山社版、三六ページ)。その後のシーンでは、フレッド、ジョージ、ロンがダーズリー一家での監禁状態からハリーを救出することになろうし、そして小説の残りの部分では、彼は再びホグワーツ校で自己証明をすることになろう。けれども、シリーズ全体を通して、彼が身を誤りかねないことについてひどく先取りして意識しているために、われわれにとって彼はいとおしく思われるのである。

ファンタジー、ミステリー、曖昧性

ハリーのもつ魅力のもう一つの局面は、後で異能だと判明する、一見平凡な子供のそれである。たしかに、これは多くの子供たちの秘かな願望には違いない。ローリングもこんなことを語っている――「私が書いているとき、これは子供たちのためのごく平凡なファンタジーなのだということに気づいていました。『こんな退屈な人びとは私の両親ではあり得ない。断じてあり得ない。私はそれよりも同じくらい特殊なだけなのだ』と」(Phillips)。ロイド・アリグザンダーの「プリデイン物語」(一九六四―一九六八年)におけるタラン、スーザン・クーパーの「闇の戦い」シリーズ(一九六五―一九七七年)におけるウィル・スタントン、フィリップ・プルマンの「ダーク・マテリアル」三部作(一九五五―二〇〇〇年)におけるリラ・シルヴァタングと同じように、ハリーも異能《スペシャル》なのだ。そして、これらの本における子供たちと同じように、彼も或る使命を帯びている。ローリングは、ファンタジーは自分のもっとも好まないジャンルだと主張しているけれども(彼女が好きなのは、ロディ・ドイルのリアリズムである)、彼女の本はファンタジーのいろいろの伝統に多くを負うている。古典的なファンタジーの主人公たるハリーは、敵たちに反撃して自分の正しさを立証し、敵を鎮圧することになる、抑圧された子供なのだ。一〇〇人以上もの登場人物が活躍する「ハリー・ポッター」シリーズは、一種の叙事的ファンタジーなのである。判断するための手段としてはまだ最初の四冊しか出ていないけれども、このシリーズは――「ナルニア国ものがたり」の最終巻のタイトルを借用すれば――善の力が悪の力を打破する『さいごの戦い』へと向かう徴候をいろいろと見せている。

物語によって駆り立てられる対決において必要とされるであろう魔法技術を獲得する一方で、ファンタジー小説の若き作中人物たちは自己発見の旅へ乗り出す。J・R・R・トールキンの『ホビット』(一九三七年)におけるビルボ・バギンズや、アーシュラ・K・ル=グウィンの『影と戦い』(一九六八年)における主人公ゲドもやっているように、ハリー・ポッターも予想される決戦に向けて始動するとき、自分自身についてより深い理解に達している。当初はマグルとして養育されたことで、ホグワーツ校の生徒たちの間では不利な立場に置かれるだろうと心配したのだが、自分にも才能のあることをハリーはやがて発見する。つまり、彼は飛ぶことに長《た》けており、自分の寮のクイディッチ・チームで天性のシーカーなのだ、ということを。われわれはみな自分自身と妥協せざるを得なくなるものだが、ハリーもまったく同じように、自分の才能のいくつかが自分を悪人にしているのではないかといぶかっている。ハリーは蛇語《パーセルタング》を話せるという、稀な才能を有する点で、ヴォルデモートやサラザール・スリザリンのような闇の魔法使いたちと共通している。パーセルタングを話す能力を有していることがハリーを苦しめるのだが、それは、組分け帽子がハリーをスリザリン寮に入るように勧めたのも、ハリーが「スリザリンはダメ、スリザリンはダメ」(『賢者の石』、静山社版、一八一ページ)と自分で念じ続けて、結局はハリーをグリフィンドールへ送り込むためだったからである。ハリーがこの不安を表明すると、校長ダンブルドアは忠告している、「ハリー、自分がほんとうに何者かを示すのは、持っている能力ではなく、自分がどのような選択をするかということなんじゃよ」(『秘密の部屋』、静山社版、四八九ページ)と。ダンブルドアの教訓は、シリーズの進行につれてやはり正当な成功を勝ちとるロンやハーマイオニーにもそっくり当てはまる。ハーマイオニーは当初は横柄ながり勉家だったが、だんだんと自分にゆとりをもつようになり、友だちへの強い責任感を身につけ、そして——学年では依然としてもっとも利口な生徒ではあるが——ありとあらゆる機会に自分の知力を発揮しようとする衝動に抵抗することも学ぶのである。ロンはハーマイオニーやハリーよりもはるかに進歩が遅れていたのだが、しかし徐々に兄だちの影から脱出するようになってゆき、シリーズの最初の三つの小説では謎解きにおいて鍵的役割を演じたり、『炎のゴブレット』ではハリーを照らし出すいくつかの役を演じたりしている。

多くのファンタジー小説やおとぎ話におけるのと同じく、主人公は探求に出かける。けれども、ハリーの探求の物語はより古典的ミステリーに近い形で展開してゆく。第一の小説では、ハリーは賢者の石を護ろうと努める。第二の小説では、バジリスクが生徒たちを攻撃するのを阻止しようとする。第三の小説では、ハリーは自分の両親の殺害の共犯者だったと思われるシリウス・ブラックから身をかわして逃がれ、これに仕返しをしようと努める。第四の小説では、三校対抗杯の試合で勝利しようと努める。ハリーの探求を強調しようとして、上の文は四つの小説全体をひどく簡略化してある。ロンとハーマイオニーはよくハリーの探求に加わっているし、それぞれの探求の不明確さや明確さも、ローリングのミステリーが展開するにつれて変化してゆく。『ハリー・ポッターと賢者の石』では、三人はまず、三階の廊下の右側に何が隠されているのかといぶかっている。それが何かを知ると、彼らは誰がそれを手にしようとしているのかと頭を悩まし、スネイプではと疑い、そして最後に、それを彼ら自身で護ることに決定する。この神秘な探求と並行して、彼らはまた知ろうとするのだ——ニコラス・フラメル*って誰か？　一角獣《ユニコーン》にアタックしていたのは誰、または何なのか？　スネイプはなぜクイディッチ試合のとき、ハリーの箒を破壊しているように見えたのか？　晩餐会開会のとき、スネイプが現われて彼から見つめられたときに、なぜハリーの額の傷はずきんずきんと痛んだのか？　もちろん、これら小説全体において、二つの最重要な質問は次のものである――ハリーが両親をともに殺したアヴァダ・ケヴァドラの呪いにどうやって生き残ったのか？　また、ヴォルデモートが第一にハリーを殺したがったのはなぜか？　ハリーは『賢者の石』の中でダンブルドアに二つの質問をすべて尋ねている。するとこのホグワーツ校の校長は第一の質問に部分的に答えて、ハリーの母はハリーを救うために死んだのであり、そしてヴォルデモートは愛が強力なことを理解できないのだ、と言う。おそらく作者自身の亡母に対する感情を反映させているのかも知れない言葉で、ダンブルドアはハリーに告げている――「それほどまでに深く愛を注いだということが、たとえ愛したその人がいなくなっても、永久に愛されたものを守る力になるのじゃ」（静山社版、四四〇ページ）。けれども、ダンブルドアはなぜヴォルデモートがポッター家の人びとの死を欲したのかは伝えていない。このミステリーは依然として残るのである。

第一の小説が多くのミステリーじみたプロットを同時に進行させているように見えても、続く三つの小説に比べると、著しく単純である。次の三つの小説はそれぞれがより複雑に

＊　ダンブルドアの共同研究者。錬金術師。賢者の石の創出に成功。六百六十五歳まで生存したとされている。（訳注）

なっている。それぞれのミステリーがより込み入っており、より巧みになってゆくからだ。『ハリー・ポッターとアズカバンの囚人』の最後一〇〇ページくらい――それ自体、ミステリーにとっておよそ望める限りの、注意を引く、しかも精巧な結論である――は、『ハリー・ポッターと炎のゴブレット』の複雑さをただ予示するだけの証拠となっている。『アズカバンの囚人』の結びのページでは、われわれはローリングの語りの弧の膨張――この膨張は続篇でも続く――を目撃することになる。初めの二つの小説では、語りの終結感が与えられているのだが、次の二つでは、情動的決心しか与えられず、しかもそれは、ホグワーツ校を超えた危険な世界がなおも若い作中人物たちを圧迫し続けるだろうという、不安な感じと結びついているのである。若干の主要人物たちについての認識が正しくなったと悟った後で、ハリーとハーマイオニーは、ダンブルドアが「わしは、ほかの人間に真実を悟らせる力はないし、魔法大臣の判決を覆すことも……」(『アズカバンの囚人』、静山社版、五一四ページ)と言うのを、不信の念を抱いて聴き入っている。それから、先の二つの小説の結末への言及とおぼしきものの中で、ハリーは悟ることになる――「ダンブルドアなら何でも解決できる、そういう思いに慣れきっていた。ダンブルドアがなんにもないところから、驚くべき解決策を引き出してくれると期待していた。それが、違う……最後の望みが消えた」(同、五一五ページ)と。われわれ読者もやはり、ダンブルドアならものごとを正すことができるだろうとの考えに慣れ切ってしまったのだ。『ハリー・ポッターと炎のゴブレット』は事態をさらに一段と複雑化しており、政府の内閣における腐敗、全世界的な誤解の可能性、そして、連盟が乱れる間にヴォルデモートが権力を回復すること、を露呈するようになる。

各小説はもろもろの公的な権力組織の複雑さを強調するかのように、それらを懐疑的に見ており、むしろ非公的な連盟により大きな信頼を置いている。必ずしもすべての官僚が腐敗しているわけではないが、多くの官吏は公益の代わりに私利私欲に動いたり、思い誤ったり、へまをやらかしたりしているように見える。アーサー・ウィーズリー〔ロンの父親〕は親切であり、マグル製品不正使用取締局で懸命に働いているが、ルド・バグマンは遊戯運動課を指揮するよりもギャンブルのほうに注意を払っているし、コーネリウス・ファッジは魔法省大臣として（その名が示唆するように）ものごとをごまかす傾向があるし、バーティ・クラウチ（国際魔法連盟会長）はまじめないし公平であることよりも正しく見えることにより関心を払っている。意味ありげなことに、クラウチが魔法法律施行課の課長だったとき、彼は無実のシリウス・ブラックを裁判抜きでアズカバンに送り込んでいる。犯罪裁判組織や他の公的な権力系統とは違って、ダンブルドアが『ハリー・ポッターと炎のゴブレット』の最後から二番目の章で再結集し始める連盟のほうは、より有望なのである。ローリングは各小説を通して、臨時のグループのより大きな有効性に信頼を表している。学校の職員たちがそれらグループを無視するか（『賢者の石』）、または問題を解決し損なうか（『秘密の部屋』）するとき、ハリーとロンとハーマイオニーは自分たちの連盟をつくり、自分たちで問題を解決している。ローリングにとっては、権力は非‐公的な回路を通過するときのほうが――あたかもその行動主義精神がより民主‐政治的であるかのように――公的な回路に堅く守られた権力よりも快適であるようだ。政治的行動主義には不慣れでなかったから、ローリングは行動主義者たちのほうが公務員たちよりもわれわれの信頼に値いすることを仄めかしているのである。

シリーズの展開とともに、権力の問題への関心がいよいよ高まってゆく。誰がそれをもっているのか、誰が他者に対してそれを行使する権利をもっているのか、誰がそれを行使する道徳的権威をもっているのか、またそれはいかに行使されるべきなのか。おそらく、もっとも目立った例が出てくるのは、『アズカバンの囚人』の第一九章においてであって、そこではハリーがブラックとルーピンにペティグリュー――ハリーの両親を殺害したヴォルデモートの直接責任者――を殺害するのを阻止すべく介入するのだ。この道徳的意志決定の瞬間は、読者にも作中人物たちにもひと思案させる。シリウス・ブラックはハリーに対して、君は真面目《マジ》なのかと尋ねているし、ハリーがそのわけを説明するとき、落ち着いた勇敢さを発揮している。ハリーがペティグリューを助けるのは、父親が親友たちに殺人者になることを欲してはいないだろうと考えるからである（第一九章、静山社版、四八九ページ）。不思議なことに、ハリーはこの崇高な決定を後悔しており、そのために高く称賛もされるのである。ペティグリューが逃亡するとき、ハリーは不注意にも、ヴォルデモートを助けたことでわが身を責めている。「シリウスとルーピン先生がペティグリューを殺そうとしたのに、僕が止めたんです！　もしヴォルデモートが戻ってくるとしたら、僕の責任です！」ダンブルドアは平然と言い返す――「逆転時計《タイムターナー》の経験で、ハリー、君は何かを学ばなかったかね？　我々の行動の因果というものは、常に複雑で、多様なものじゃ。だから、未来を予測するというのは、まさに非常に難しいことなのじゃよ」。さらに付言して、ダンブルドアはハリーがペティグリューの命を救うことでヴォルデモートのもとにハリーに借りのある者を腹心として送り込んだのだ、と注意している。ダンブルドアはそれから優しくこう付け加える――「わしは君の父君《ちちぎみ》をよう知っておる。ホグワーツ時代もそのあともな……君の父親も、きっとペティグリューを助けたに違いない。わしには確信がある」（同、五五七―五五八ページ）。ヴォルデモートの関心が権力それ自体にあるとしたら、ハリーが自分の力を使いたがっているのは、そうするのが正しいときだけなのだ。彼はペティグリューを殺して、両親の死の報復をすることだってできただろうのに、復讐は悪しき動機だと気づいて、ペティグリューの生命を救ったのである。「ニューヨーカー」紙上のエッセイで、ジョン・アコセッラはローリングのシリーズにおける権力についての魅力的な分析を行い、「それぞれの小説はこの問題に異なる視角から接近している」と述べている。第一の小説は超人的だが、第二作は「世俗的、時局的、政治的」だし、第三作は心理的だ。第四作はその政略においてより野心的であって、(セックスのような)新たな話題を導入しているが、しかし依然として、権力が「善と両立しうる」(77―78)のかどうかという問題に答えてはいない、と。

アコセッラの分析は、これらの小説のもっとも抗しがたい局面の一つが〝曖昧性〟にあるのかも知れないということをわれわれに想起させる。それぞれの小説において、われわれははたして作中人物たちがやったこと、またはやろうとしていることが正しいのかどうかと自問する。そして、とどのつまり、多くの問題は未回答のままなのだ。『ハリー・ポッターと炎のゴブレット』にあっては、われわれははたしてルド・バグマンが闇の魔法使いたちと提携しているのか、それともたんに無節操なだけなのかと自問する。この小説の終わりになって、われわれは彼が無節操だが、悪人ではないと知るのだけれども、はたして彼がどちらの側を助けることになるのかは、われわれには分からないのである。バグマンのような人物なら、どちらの道だって進めるであろう。『アズカバンの囚人』では、シリウス・ブラックがハリーの両親を裏切ったという（やがて偽りだと判明する）〝事実〟をハリーがふと耳にした後で、われわれはハリーの暗い側面を見ることになる。ハリーはブラックに仕返ししようと欲する。だが、ハリーはブラックを捕らえようとして自分自身の生命を危険にさらすつもりなのか？　ハリーはそうしないことに決するのだが、事件はヴォルデモートがつけ込むことのできた何らかの政治的弱みに注意を向けさせるのだ。この後の小説では、ハリーは自らの怒りを抑え続けることができるのだろうか？　彼の強力な不屈の意志は、財産になるのか、邪魔になるのか、それともどちらかと言えば両方になるのだろうか？　たぶん、これらの小説が答えているのと同じくらい多くの質問を提起しているということが、――少なくとも部分的には――これら小説の途方もない魅力の説明になるであろう。

歴史とイデオロギー

ジョージ・オーウェルが少年たちのためのフィクション――その中には寄宿学校物語をも含まれていた――の人気を、労働者階級の子弟が選良《エリート》に入っていると想像したり、またエリートたちがこれらの物語が助長する（オーウェルのいう）保守的価値を敏感な読者たちに吹き込むことにより、自らの特権を維持したりする必要性に帰していたことは周知のところだ。彼は書いている、こういう物語の「真の機能は、安い私立学校（公立小学校ではない）に通学する少年に、自分の学校が神の目からはウィンチェスターやイートンとまったく同じくらい〝高級〟であると感ずることを可能にすることがある」（480）と。感受性の強い年頃にこれらの物語を読みながら――とオーウェルは言う――子供たちは間接的に「保守的な信念一式、つまり、われわれの時代の主な諸問題は存在せず、自由放任《レセフェール》の資本主義に悪いところは皆無なのであり、外国人は無用な道化者であり、大英帝国は永続するであろう、一種の慈善事業なのだという信念」（483）を吸収するのである。このオーウェルのコメントは、ハリー・ポッターの世界的な人気に照らして、興味をそそるものがある。ホグワーツはエリート校なのであり、入学を認められるのはただ魔法の能力を有する者たち――しかも、おそらくはハリーがそうだったように、誕生以来その名前が学校に書き留められていたであろうような者たち――だけなのだ。（夜の騎士《ナイト》バスの車掌スタン・シャンパイクや運転手アーニー・プラングはホグワーツ校に通ったようには思われない。ひょっとして、彼らは入学を許可されなかったのでは？）男女の魔法使いとして生まれた者だけがホグワーツ校に通学できるという事実にもかかわらず、ローリングはわれわれにさまざまなタイプの生徒を供してくれている。たとえば、青白い、不幸なネヴィル・ロングボトム、善意の、だががり勉家のハーマイオニー、明らかにインド出身のパーヴァティ&パドマ・パチル(双子の女の子)、アイルランド訛りの強い話し方をするシェーマス・フィネガン、二人の黒人生徒たち、ウィーズリー家の双子ジョージとフレッドの友人で、ドレッドヘアーをしたリー・ジョーダン、グリフィンドール寮のクイディッチ・チームのチェーサーであるアンジェリーナ・ジョンソン。オーウェルによると、学寮物語が供するのは、いろいろなタイプの読者が同定でき、その主人公を通した身代わりの体験をしたくならせるような、そして、各自の学校がホグワーツ校とまったく同じように高級だと感じさせてくれるような、さまざまな生徒たちなのである(Orwell 469-470)。われわれがオーウェルのこの分析を受け入れるなら、「ハリー・ポッター」シリーズはおそらく、エリートたちの中に加わりたいという欲望にアッピールしているばかりか、長所の代わりに生得権に依存するシステムに対しての異議をなだめてもいることになるであろう。

「ハリー・ポッター」シリーズはしかしながら、階級ないし人権政策にすっかり盲目なわけではない。このシリーズはやや貧しいウィーズリー一家の肩を持ち、そしてエリート主義のマルフォイ家に対立しているだけでなく、階級に基づく特権が精神へ及ぼしかねない影響を露出させてもいるのである。ロン・ウィーズリーにわれわれが初めて出くわす瞬間から、彼は家族の貧乏を恥じている。ロンはお下がりの衣服、杖、ネズミについてこぼした後で、ハリーに対して、自分の両親はスキャバーズ以上の良い物を何も買い与えることができなかったのだと語りかけながら、それから中断して、当惑で赤くなっている（『賢者の石』、静山社版、一五〇ページ）。次の小説において、ハリーがウィーズリー一家の家を見るとき、ロンの最初の衝動は貧乏なことを弁解することだったのである（『秘密の部屋』、静山社版、四九、六二ページ）。『ハリー・ポッターと炎のゴブレット』は財力の価値と自尊心との関係をさらに生き生きと描いている。第二八章では、ロンはクイディッチ世界選手権でハリーに与えたレプラコーンの黄金が――すべてのレプラコーンの黄金がそうなるのと同じように――消失してしまっていることを知って、ひどく狼狽《ろうばい》する。「あまりにもたくさんのお金があって、ポケット一杯分のガリオン金貨が無くなっているかどうかも気付かないのは、すてきなことに違いないな」とロンが言う。ハリーがそんなことに気をもまないようにロンを勇気づけると、後からロンが苦々しげに答えている、「僕は貧乏が嫌いなのさ」と。ハリーもハーマイオニーもどう答えてよいか分からない（474）。もちろん、ドラコ・マルフォイを共感的に読むならば、彼もまた自身の学級の地位で体面を傷つけられていることが明らかとなるであろう。彼の俗物的な行動は、富や地位という労せずして得た特権がそっくり実力に依存していると信じる家族によって育てられたことに起因するのである。こういう解釈の余地をシリーズは残しているのだが、ローリングの焦点はむしろ、ドラコに嘲弄される相手がどう感じるかということに向けられている。ハーマイオニーはロンに対して、ドラコから貧乏なことを嘲《あざ》けられても無視するよう勧めている。ローリングはシリーズの第一巻を書いている間に生活の不自由を耐え忍んでいただけに、階級的偏見の影響について鋭い意識を見せているのである。

人種的偏見への批判は「ハリー・ポッター」シリーズにとって階層的偏見の詮索よりもはるかに中心をなしている。パーヴァティ・パチルとかチョウ・チャンとかいった名前の使用は、現代英国を形成する多様な文化への意識を示すものであるけれども、ローリングの探求しているのは、社会的リアリズムを通してではなく、ファンタジーを通しての人種的・文化的差異をめぐって繰り広げられている偏見である。「ハリー・ポッター」シリーズが暴露しているのも、〝純血の〟魔法使い家族出身の子弟だけが通学を許されるべきだと信じた、ホグワーツ校の創設メンバーの一人、サラザール・スリザリンの信念体系に執着する人びとの偏見なのだ。マルフォイが『ハリー・ポッターと秘密の部屋』の中でハーマイオニーを「穢《けが》れた血」と呼ぶや否や、作中人物たちの憤慨した反応は、「穢れた血」は彼らにとっては「混血」がわれわれにとってもつのと同じくらい気に障ることを、われわれに語っている（一七〇－一七一ページ）。ヴォルデモート卿、マルフォイ一家、ハリーのマージおばさん、そして〝生まれつきの〟差異に基づく階層を擁護するすべての人びとは、ローリングのシリーズでは敵なのだ。ローリングはヴォルデモートの自分自身の血統における〝純血〟の欠如に対しての強迫観念――ヴォルデモートの父親はマグルで、母親は魔女だった――を、アドルフ・ヒトラーの人種的純血への熱狂に比べてさえいる。彼女の言によると、この闇の卿の純血への熱狂は「ヒトラーやアーリア人の理想のようなもの（ヒトラー自身もこの理想に完全には順応しなかったのだが）」、である。「そしてヴォルデモートもやはりこういうことをしているのです。彼は自分自身の〈感知した〉劣等感を受け入れ、これを他人に振り向け、そして、自分自身のうちに嫌っているものを他人において根絶しようと企てるのです」(Solomon)。「ハリー・ポッター」シリーズにおいては、ナチスと悪の諸力との間の類似点に加えて、ホグワーツ校の校長の写真の入ったはがきは、ダンブルドアが第二次世界大戦の終結した一九四五年に、一人の闇の魔法使いを打ち破ったことを明らかにしている。『ハリー・ポッターと炎のゴブレット』の終わりのあたりであたかも新しい戦争が始まりつつあるのかも知れないと思われるとき、ダンブルドアははっきりとチャーチル風の抑揚をつけて、奮起させる演説を若干ぶったりしている。

これら小説における偏狭さの扱いでもっと重要なのは、ローリングがこれら偏狭な人びとをたんに悪魔にたとえているだけではないということかも知れない。ダーズリー一家、マルフォイ一家、ヴィンセント・クラッブ〈マルフォイの子分〉、グレゴリー・ゴイル

〔同〕、およびヴォルデモートはたしかに冷淡な連中ではあるのだが、ローリングは明らかに〝善良な〟人びとでさえもが偏見を抱いていることを暗示している。『ハリー・ポッターと炎のゴブレット』の最後から二番目の章〔第三六章〕でダンブルドアが指摘しているように、コーネリウス・ファッジはヴォルデモートの死食人《デス・イーター》たちのやり方に反対しているとはいえ、純血の魔法使いたちのほうがほかの人びとよりも優れていると秘かに信じているのである（614－615）。結果として、ハリーは自らファッジの見解を再考することになる（613）。同小説において、以前にはハリーもロンもハグリッドが自分の先祖が巨人であることを認めているのをふと耳にするとき、ロンの反応は巨人たちに対して身につけた偏見を露呈している（374）。ロンは自らの反応における欠陥を認識しているけれども、リタ・スキーターのハグリッドに対しての片寄った陳述は、ハーマイオニーが受け取る、あの脅迫状がいかに多くの男女の魔法使いたちによってマグル生まれの者たちが劣等と思われているかを示しているのとまったく同じように、魔法界における反－巨人感情の強さを明らかにしている。ローリングは〝善良な〟人びとでさえ〝穢れた血〟や巨人たちが劣等だと考えるかも知れないということを示したがっているが、このことは、偏見や嫌悪は他の人びとが考えるような何かではないことの例証なのだ。こういう強力な信念は、われわれ全員が吸収し知っている文化の中に埋め込まれているのである——たとえわれわれがこういう信念をかつて身につけたことに気づいていないかも知れない場合でさえ、ローリングはこういう文化変容の過程を、当初は局外者だった人物たちを通して明らかにするのだ。魔法使いの社会に育ったわけではないので、ハリーやハーマイオニーは、ロンや彼の仲間の多くの者たち以上にはるかにはっきりと魔法界の偏見を看取できるのである。ハーマイオニーとハリーは当初ハグリッドを友人として知るのであり、だから、スキーターが彼を巨人の家系の〝罪〟で穢《けが》そうとするとき、二人はこの文化的な固定観念に抵抗しているのである。背景を異にする人びとの間に平和や理解を促進することは、たんに三校対抗杯試合の目標ではない――それはローリングの目標でもあるのだ。

　これまでのところは、屋敷下僕《しもべ》妖精エルフたちはこういう含意のメッセージを乱しているが、しかしこの混乱がローリングの側からの意図によるのかどうかはまだ知り得ない。屋敷下僕《しもべ》妖精たちは戯画に近似した、ピジン方言でしゃべっている――「おい、ドビー、君は悪いエルフあるね！」(“Oh, you is a bad elf, Dobby! *Goblet of Fire* 332)。他方、アーサー・ウィーズリー氏は屋敷下僕《しもべ》妖精の権利に同情を表わしており、またハリーはドビーを解放している――ハーマイオニーの屋敷下僕《しもべ》妖精福祉促進協会へのドビーの反応はせいぜい微温的なものに過ぎないのだけれども。ハーマイオニーがエルフたちのために行う熱心な行動主義は、むしろより読み難い。ローリングはハーマイオニーの確信を称賛すると同時に、彼女の熱意をナイーヴないし過度として嘲《あざ》けってもいるように見える。『ハリー・ポッターと炎のゴブレット』の終わりには、屋敷下僕《しもべ》妖精の問題が後の小説において解決されるかも知れないという徴候が見られる。ダンブルドアは異なるグループどうしの連盟が大事だろうと力説している。彼は国籍を異にする生徒たちを招いてホグワーツ校にいつでもやって来させ、ハグリッドやボーバトン校の校長オランプ・マクシム夫人を使節として巨人たちのところへ派遣し、そして、ジョン・F・ケネディを想起させるレトリックを用いている。ホグワーツ校、ドゥルムシュトランク校、ボーバトン校の生徒たちに話しかけて、ダンブルドアは、「ヴォルデモートの復帰にかんがみて、われわれは団結している限りでのみ強いのだし、分裂している限りでは弱いのである」し、「われわれの目的が同じであり、われわれの心が開かれているのであれば、習慣や言語の相違はまったく取るに足りないことなのだ」(627)、と語っている。ダンブルドアの激励的な意見にかんがみて、おそらくJ・R・R・トールキンの『指輪物語』における小妖精《エルフ》たちのように、屋敷下僕《しもべ》妖精《エルフ》たちも、大規模な連盟の重要部分を形成しているのであろう。もちろん、オーウェルのコメントのいくつかは「ハリー・ポッター」シリーズに当てはまるかも知れないが、人気のある学寮物語についてのオーウェルの批評のすべてがこのシリーズに当てはまるわけではない。ローリングとしても、ローリングが風刺している人種差別的、階級差別的な人びとがサッチャー派の〝新保守主義者〟であるか否かを尋ねられたとき、ローリングはそうですと同意したのだった（Solomon）。

ヤング・アダルトたち

ロディ・ドイルの『ポーラ――ドアを開けた女』（一九九六年）――ローリングが賛美している――の断固たるリアリズムほどではほとんどないかも知れないが、ローリングの本も現実世界にかかわっていることは事実である。「ハリー・ポッター」シリーズ、とりわけハリーとその仲間たちが年ごろを迎える第四巻は、ヤング・アダルト小説と何らかの領域を共有しており、ジャクリーン・ウィルソンやジリアン・クロスのような作家たちの作品と重なり合っている。ウィルソンの『スーツケース・キッド』（一九九三年）におけるアンディとかクロスの『オオカミのようにやさしく』（一九九〇年）におけるカシーとかと同じく、ハリーも導いてくれる大人がほとんどいない子供であり、自らの能力で新しい環境に適応して生き残り、そして自分自身の正統ではないが効果的な家族構造を形作る子供なのである。この点を強調するためでもあるかのように、ローリングはハリーにとっての両親の必要性をはっきりと劇的に表現していることがときどきある。彼が迫真的な悪夢から目覚めた後で、「彼が真に欲したもの（そして、それを自分自身に認めることは、彼にはほとんど恥辱に近く感じられたのだが）は、誰か、親のような誰か——その人の忠告を求めても平気でおれるような、大人の魔法使い——自分のことを気づかってくれるような誰かだった」（*Goblet of Fire* 25）。ハリーはそれから、『炎のゴブレット』で彼にとって父のごとき人物の役を——『アズカバンの囚人』でルーピン先生が果たした以上にさえ——果たすシリウス・ブラックに手紙を書いている。ウィーズリー一家も、さもなくばハリーが欠くことになったであろう、家族的な支えのいくらかを提供している。ウィーズリー一家を訪問することはハリーにとってもっとも幸せな時間の一部なのであり、そして、シリーズを通して、この一家は彼自身の家族となってゆくのである。一家は四つの小説全体を通じて、彼を学校へ見送るのを手助けしているし、三つの小説では彼は少なくとも夏休みの一部をこの一家とともに過ごしているし、そして『炎のゴブレット』の終わり近くで、ウィーズリー夫人がハリーを慰めると、彼は「まるで母親からのように、こんなふうに抱き締められた記憶はかつてなかった」（620）と思ったりしている。この意味では、これらの小説はハリーが自分自身の代理家族——友だち、教師たち、同情的な大人たちから成る——を創り出してゆく過程について語っているのである。生物学的な両親を欠いているため、彼は代替する家族構造を案出することになるのだ。

ダーズリー一家では、ローリングが提示しているのは〝伝統的〟家族であって、一見〝常態〟のようではありながら、ハリーが築く、同僚と大人から成る非 - 伝統的な家族網よりは、はるかに不健康である。ローリングも語ったように、「〝規範〟を賛美する人たちについての私の感情は、『ハリー・ポッターと賢者の石』の最初の文の中に書き留められています。プリヴェット通り四番地のダーズリー夫妻は、自分たちがありがたいことに、完全に正常だ、と誇らしげに語っていたのです」(Judge)。ダーズリー一家が〝規範〟を代表しているとしても、その後彼らは、どれくらい有産階級《ブルジョア》の価値が商品文化に依存しているかを例証することになる。エヴァ・イボットサンの『一三番プラットフォームの秘密』(一九九四年)におけるトロットル一家と同じく、ダーズリー一家も自分たちの社会的地位を見せびらかしたいという妄想的欲求によって歪められてきたのだ。この一家は局外に身を置き、ヴァーノン・ダーズリーの新車を「通りの残りの人びとが気づくほどの大声で」派手に賛えたり、あるいは、息子の貪欲ながき大将ぶりを野放しにしたりしていようと、この一家の信念体系は、大きければそれだけで立派だし、裕福は道徳的善だという理念をめぐって回転しているのだ。ローリングは「ハリー・ポッター」シリーズのそれぞれの開巻の章ではダーズリー一家を愚弄しており、微妙な程度に、プリヴェット通り――ダーズリー一家の住所――は実はその名称を、しばしば生垣として生長する低木セイヨウイボタノキ（ハリーは『賢者の石』でそれの刈り込みをさせられている）から取っており、〝プライヴェート〟や〝屋外便所《プリヴィ》〟のいずれにも結びつけられているのである。この名称はダーズリー一家のプライヴァシーや私有財産《プライヴェート・プロパティー》への信頼に対しての暗黙の批判を暗示するが、また一家の大柄な息子ダドリーは彼ら一家の価値に対してのグロテスクなパロディーでもある。「そんなに大きな子供をもつのは政略上正しくないのでは、と告げられたわ」、とローリングも認めている。「でも私はこう答えたんです、『これは悪習に関係しているの』って。彼の周囲の人たちがその堕落した観念でばかりか、がちょうの肉のような料理でも彼を養っているのは、悪習のせいだったのです。彼は両親の犠牲者なのです」(Mehren)。F・アンスティの『あべこべ物語』（一八八二年）は「ヤング・アダルト小説」そのものではないが、この作品もローリングのダーズリー家も狙いとしているのは、両親（アンスティにあっては父親、ローリングにあってはハリーの伯父・伯母）を自らの失敗で懲らしめることを〈反面教師として〉楽しみつつ、子供のやってはいけない育て方を示すことにあるのだ。

　ダーズリー一家は交換に依存している（ダドリーが叔母のマージ・ダーズリーにキスすると、その代償に二〇ポンドを受け取っているときのように）がゆえに、この一家の関係は歪められているとしたら、ハリーの関係は、純粋の愛情と永続する友情に依存しているがゆえに健康的である。『賢者の石』では、ロンとハリーは列車の中で出会い、両者とも新しい学校への行き方に無力かつ不安を感じていて、すぐさま友だちになっている。二人がハーマイオニーと一緒にトロールに立ち向かってからは、彼女も友人に加わる。シリーズを通して、この三人の友だちは互いにけんかをしたり、互いに贈り物をしたり、議論をしたり、また、互いに救出し合ったりしている。彼らの友情はしばしば試練にかけられるが、常に長続きしている。ロンとハリーは『炎のゴブレット』の数章においては互いに口をきかないが、ロンとハーマイオニーは『アズカバンの囚人』では同じくらいの時間の長さにわたって、互いに沈黙の取り決めをしている。けれども結局のところ、彼らは心を変えて再び和解し、真の友だちははなはだ重要だから、強情を張って失うようなことをすべきではないと悟るのである。ハリー、ロン、ハーマイオニーの三人組が一緒に成長してゆくにつれて、彼らは友情の賛美、その浮き沈み、その複雑さ、そして最後に、その力を演じてゆくのだ。これらの小説を原型的なテーマから読んだゲイル・A・グリンボームは、これら三人は「この疎外された時代においてシリーズの中心的魅力」なのかも知れないし、「幼年期の初めから孤独を感じてきた多くの読者たちに、友情という失われた原型を思い出させる」(24)かも知れない、と示唆している。

教養小説(ビルドゥングスロマン)はヤング・アダルト小説と同じく、主人公の成年に

郵便はがき

1 0 1 - 0 0 6 4

東京都千代田区
猿楽町二—四—二
(小黒ビル)

而立書房 行

通信欄

而立書房愛読者カード

書　　名　小説「ハリー・ポッター」入門　　287―0

御住所　　郵便番号

御芳名《ふりがな》　　（　　歳）

御職業
（学校名）

お買上げ　（区）
書店名　市　書店

御購読
新聞雑誌

最近よかったと思われた書名

今後の出版御希望の本、著者、企画等

書籍購入に際して、あなたはどうされていますか

1. 書店にて　　2. 直接出版社から

3. 書店に注文して　　4. その他

書店に1ヶ月何回ぐらい行かれますか

（　　月　　回）

達する過程についてのものであるし、ローリングの「ハリー・ポッター」シリーズも、ハリーの生涯の七年のそれぞれが七回に分割された一種の教養小説と見なしてかまわないかも知れない。イーニッド・ブライトンの「五人の子ども名探偵」シリーズでは、子供たちは年を取らないのだが、それとは違って、ハリーとその友だちは語りの間に成長してゆく。この語りは、単一の相連関した作品と見なせば、約一五〇〇ページの長さと数を有しているのである。* われわれが彼らの子供時代を目撃するのは主としてフラッシュバックを通してであるけれども、シリーズが完結すれば、ハリーは虐げられた十歳から（おそらくは）成熟した十七歳に至っていることであろう。ハリー・ポッター叙事物語を通しての中途で、彼らの成長の徴候がすでに始まっている。『アズカバンの囚人』では、ハリーはチョウ・チャンと初恋に陥っているし、また『炎のゴブレット』ではハリーの学年のホグワーツ校生たちは青春に入り込んで、互いにデートに出かけたりしている。ロンとハーマイオニーの関係は一〇代の誤解の例証である。つまり、お互いに明らかに魅かれていながら、ロンはそのことをまだ悟ってはいないのだ。活動しすぎるホルモンと格闘することに加えて、主人公たちはまた、ますます深刻な諸問題に直面するようになり、そして、ホグワーツ校を超えた世界での自分たちの役割についてもっと学ぶことになるのだ。第一の小説では、彼

* ブルームズベリー社版は合計一四二八ページ。スコラスティック社版は合計一八一九ページ。

らはヴォルデモートが賢者の石を入手したり、権力を握ったりするのをうまく阻止している。第四の小説では、彼らは総体的な同盟の一部となり、ヴォルデモート（今や人間の姿を回復している）がすでに持っているより以上の力を獲得するのを阻止しようとしている。『賢者の石』の結論とは違って、『炎のゴブレット』の最後の成功は、確実さからはほど遠い。アコセッラも書いていたように、ローリングの大きな功績は「一〇代初期の読者たちに人生のもっとも困難な諸問題に立ち向かうように求めており、しかも、回答が悲劇的になるかも知れない――敗北が永続し、悪がいつも現前し、善が枯渇するかも知れない――という可能性におじけていないという点にある」（78）のである。

これら難問を扱うという、小説の可能性は、「ハリー・ポッター」シリーズが――すべての上質の児童文学と同じく――たんに子供たちだけのためのものではないことをわれわれに想起させてくれる。C・S・ルイスも書いていたように、「私はたんに子供たちだけから楽しまれる児童物語は悪しき児童物語だということを規範としてほとんど取り上げたい気分に傾いている」（*Of This and Other Worlds* 59）し、またドクター・スースも言ったように、「私は決して子供たちのために書いているのではない。私は人民のために書いているのだ」（Cott）。ローリングとしてもやはり、「ハリー・ポッター」シリーズを全年齢層の人びとのために書いたのである。このシリーズにもたとえば、『賢者の石』での「トロールの妖怪たち」とか、『アズカバンの囚人』での「ごきぶり群」のキャンデーとか、『炎のゴブレット』でのロンの問い「私も、ねえ、ラヴェンダー、ウラノスを見れるの？」のような、子供たちのためと分かるいくつかのジョークが含まれている。けれども、成人の読者たちでも気づかないかも知れないものもたくさん存在しているのだ。たとえば、フレール・ドラクールの意味はフランス語で「中庭の花」だし、ミネルヴァ・マクゴナガルの名はローマの知恵の女神だし、リーマス（レムス）・ルーピンの名の意味にも関連している。レムスとロムルス兄弟（ローマの伝説上の創建者）はともに幼児のときに捨てられたのだが、狼たちによって育てられたのだ。ルーピンはラテン lupus（「狼」を意味する）に由来している。「あなたは子供たちのために書いているのですか、大人たちのために書いているのですかと尋ねられたとき、ローリングは、「両方のために。私は今読んでみたいと分かっている何かを書いたのですが、でも十歳のときに読みたかったと分かっている何かをも書いたのです」（National Press Club）と語っている。ローリングは上手な〝児童書〟作家は子供たちに愛想《あいそ》よくしたりはしないことを理解しているのであり、彼女はまた、児童文学を鼻先であしらう批評家たちから気づかれずにいることを知悉してもいるのである。つまり、大人たちとて子供時代の経験を携えているのだし、子供たちとて大半の大人たちが子供たちが理解していると認めているよりはるかに多くのことを理解しているのだということを。C・S・ルイスが或る子供の通信員に書いたように、「私は人びとが考えているほど年齢が大事なこととは思いません。私の或る部分はまだ十五歳ですし、他の部分だって、私が十二歳のときにすでに五十歳だったように思うのです」(*Letters to Children* 34)。

彼女の読者層の年齢範囲や、彼女の想像力が総合したジャンル幅は、読者の期待も書評家の期待をも覆すかも知れない。写真的な書きぶりに注目して、ある人びとは「ハリー・ポッター」シリーズが社会的リアリズムのいっそう多くの要素を提供していると望むかも知れないし、他の人びとはより空想的な要素を捉えて、なぜ奴隷制や人種差別といった社会問題がシリーズに登場していないのかといぶかるかも知れない。しかしながら、ある特定ジャンルにより大きな忠誠を尽くそうとすることは、ジャンル区分が絶対的であらねばならぬことを想定しているし、そのことは、児童のための最上の作家たちがしばしばこういう区分を曲げることがあるという事実を無視するものである。たとえば、プルマンの『琥珀の望遠鏡』(二〇〇〇年)の最終章のいくつかは、ヤング・アダルト小説とファンタジーを混合している。仮に〝ポストモダニズム〟を異種のスタイルを寄せ集めたものだとすれば、「ハリー・ポッター」シリーズを理解するための道はおそらく、このシリーズがファンタジー、ヤング・アダルト小説、おとぎ話、寄宿学校小説、教養小説の諸局面を帯びているという道を通してであろうし、そして、これら多くのジャンルすべてをローリングの創造的才能が何か新しいものへと変形させてしまっているのである。「ハリー・ポッター」シリーズはこれらが含むあらゆる意味層に対しての多様な読解を求めているのであり、これらの意味をあばくゲームは、われわれの初読の後でも長く続くことになる。ローリングの折衷主義という革新的な総合法が、彼女の若い読者たちの頭脳を越えたいくつかの意味を生じさせているとしても、彼女は別段悩みはしないであろう。彼女は言っているのだ、「彼らがそれらを十分に好むとしたら、きっと再読するでしょう。そしてそのときには、バッグの中にもう一つのキャンデーを発見するようなことになるでしょう」(Mehren) と。

3　小説への批評

英国および合衆国のいずこにあっても、当初の書評は概して好意的だった。最初の書評の一つ（おそらくは第一番のそれ）は、「ザ・スコッチマン」紙（一九九七年六月二十八日号）に現われた。その紙面でリンゼイ・フレイザーはこう書いていた――「ローリングは直感力と独創性をもって古典的な工夫を用いており、そして、複雑かつ並外れた要求の多いプロットを、大規模な娯楽スリラーの形で提供している。彼女は児童にとっての第一級の作家である」。翌月には、スコラスティック社は合衆国でこの小説を発行するために一〇万ドル以上を支払ったし、新聞各紙は『ハリー・ポッターと賢者の石』についての多くの書評と同じくらい、ローリングの経歴についての〝極貧状況から大金持ちへ〟話をいろいろと流布させ始めた。「サンデー・テレグラフ」紙は、「ローリングの屋根裏部屋でのシングルマザー生活は絶好の宣伝材料だ」が、このことをもって、「これがすばらしい本だという事実から目を外らすべきではない」と書き記したうえで、この小説の「ファンタジーと、現実的な主人公たちとの完全なブレンド」が、それを「八歳から十二歳の人たちにとっての、食傷気味な、残酷社会リアリズム・フィクションへの理想的な解毒剤」（Hall）たらしめている、と付言していた。（ロンドンの）「ザ・タイムズ」紙は、ローリングを「実に楽しい観念、輝かしい作中人物たち、機知に富む会話で満ちた、才気にあふれた新進作家」と呼んだし、また、「フィナンシャル・タイムズ」紙は、彼女を「エクサイティングな新進タレント」と公言し、その「書き物は無限に想像力に富み、かつ面白い」（Johnson; Hopkinson）とした。この第一の小説が合衆国で『ハリー・ポッターと魔法使いの石』として発行された頃には、ローリングの最初の二冊の「ハリー・ポッター」シリーズは英国の大人用ハードカヴァーのベストセラー・リストですでにトップを占めていたし、彼女の成功のニュースはアメリカでも現われだした。英国と同じく、書評家たちはハリーに好意を示した。一九九八年九月には、「コロンバス・ディスパッチ」紙のナンシー・ジルソンはアメリカの小説批評のごく初期のものの一つでこう書いていた――「プロットがアクションと創意工夫とをもってなめらかに回転してゆくやり方は、杖からの閃光と同じくらい速やかで驚くべきものだ」。二カ月後、「ボストン・グローブ」紙は、最後の数ページは「性急で平凡」に感じられると思われたが、しかし全体としては、この作品を「一小説の魅力的、想像的、魔法的な調製」（Rosenberg）と見なしたのだった。「ニューズウィーク」

誌のカルラ・パワーや、「ザ・クリスチャン・サイエンス・モニター」紙のイヴォンヌ・ジップはさらに一歩を進めたのであって、前者はC・S・ルイスやロアルド・ダールの古典的ファンタジーの傍らにローリングの本を位置づける前に、「ローリングのシンデレラ的な話」を繰り返していたし、後者はそれをダールの『チョコレート工場』やL・フランク・ボームの『オズの魔法使い』に比べていたのである。「ニューヨーク・タイムズ・ブックレヴュー」紙上で、マイケル・ワインリップはハリー・ポッター第一作を「面白く、感動的で印象深い」と気づき、そして彼は、ローリングもハリー同様に、「彼女の控え目なマグルの環境を超えて飛翔し、何かまったく特別なものを達成しようとした」と示唆したのである。

ワインリップの書評が一九九九年二月に現われたときには、ローリングはもうすでに英国では著名人になっていたし、合衆国でもその一人になる寸前にあったのである。結果として、シリーズの次の三冊の書評では、幾人かの書評家たちは本そのものに反応したが、しかし他の者たちは本を、それを取り巻く現象と区別しなかった。当初は熱狂に押し流されて、「ハリー・ポッター」シリーズをハリー・ポッター現象と融合させた人びとは、熱狂的な書評を書く傾向があった。『ハリー・ポッターと秘密の部屋』が（英国では一九九八年七月、アメリカでは一九九九年五月に）発行されると、ほとんどの書評家たちはこれら小説を採り上げた。英国では『秘密の部屋』は「ザ・ヘラルド」紙が「前作と同じくらい迫力がある」と歓呼したし、「サンデイ・テレグラフ」紙は「まさに鎮圧し難いように思われるとしたし、「デイリー・テレグラフ」紙は第一作より「ベター」と考えたし、また「ジ・インディペンデント」紙は「上等の連続物がもつべきすべてのもの――最初の作品と同じ図式ながら、特別のアクションやより多くのジョークを含む――」をもっているとした (Johnstone; Hall; Bradman; Phelan)。合衆国の当初の書評は英国からのそれを反響するものだったが、後の書評はやや懐疑的になった。「USAトゥデー」紙も「セント・ルイス・ポスト＝ディスパッチ」紙もともにこのシリーズを称えていて、後者はハリーを「古典的な一孤児――誓って言うが、幼い孤児アニーやオリヴァー・トゥイストと肩を並べることができる――」(Sawyer) と呼んだ。「クリスチャン・サイエンス・モニター」紙のジップはまたしても「ハリー・ポッター」シリーズを古典の中に位置づけた――「J・K・ローリングの新刊書は、衣装簞笥《だんす》の中に押し込まれた第八のナルニア国ものがたり原稿の発見と内じくらい大きな楽しみの因《もと》と言ってよい」。上掲の書評はすべて、「ハリー・ポッター」シリーズが英国でもアメリカでも満開の現象と化した、一九九九年六月の末頃に発表されたものである。

『ハリー・ポッターと秘密の部屋』は一九九九年六月二十日、「ニューヨーク・タイムズ」紙のハードカヴァーのベストセラー・リストのナンバー・ワンに登場したし、同年六月二十一日には、ローリングは「ロシー・オドンネル・ショー」に姿を現わした。オドンネルはローリングを「私が予約申し込みできなかった第一巻——実際上、二冊——の作者」として紹介し、書評家たちに「これらを二冊とも買う」ように勧めたのだった。スタジオの視聴者たちは、ローリングがステージに歩み出るにつれて、礼儀正しい、万雷の拍手をもって応じた。けれども、やがてローリングがワーナー・ブラザーズが映画の上映権を買ったことに言及すると、聴衆からは自然発生的な喝采が湧き上がったのである。このシリーズの魅力に対しての人気が鰻《うなぎ》登りになっていることが、幾人かの批評家をより懐疑的にし始めていたにせよ、あるいは、シリーズを取り巻き始めた宣伝が期待を高めていったにせよ。七月に発表された、「ワシントン・ポスト」誌では、マイケル・ディルダは『秘密の部屋』は、「われわれがここで以前に見たというそれだけの理由では、元のものよりもやや魔法に欠けるところがあるようだ」と考えた。同じく、「いろは帳《ホーン・ブック》」誌のマーサ・V・パラヴァーノは、「物語は音を立てて飛び去る」ことを認めたが、しかし、この本は「少年の〔……〕規範となる感じがする」(472–473)と考えたのである。同月には、「ボストン・グローブ」誌のリズ・ローゼンバーグは、この小説を前作と「同じく鎮圧できない」ものと認めながらも、「ハリー・ポッター」シリーズには、「ナルニア国ものがたりの根底にある意味」やルイス・キャロルの「夢のような、風刺的に計画されたナンセンス」が欠如していると信じたのだった。それにもかかわらず、ローゼンバーグは、「ローリングの天才が今日の平均的なシリーズ物作家よりもはるかに抜きん出ている」ことや、〔ローリングの〕未来の本はより深く反響するだろうことを感じ取ったのである。

『アズカバンの囚人』が（英国では一九九九年七月、アメリカでは一九九九年九月に）発行された頃には、『ハリー・ポッター』に対するほとんどの意見は四種類のうちの一つに当てはまっていた。すなわち、（一）これらの本が子供たちを読書へと誘うか、または児童文学が大人の注目に値いすることを証明しているか、のいずれかの理由からの、称賛、（二）いろいろの理由から、第一グループの人びとに、そして広義にはハリー・ポッター現象に向けられた嘲笑、（三）これらの本が学校図書館から撤去されるべきことを示唆する、保守的な合衆国のキリスト教徒たち、（四）これらの小説が古典的な児童フィクションと比肩されるべきかどうかに関する論争。第一グループから始めると、多くの図書館員たちは、このシリーズには子供たちに読書を助長するものがあると認めたのであり、そして彼らの所見は——または同種のものは——しばしばこの時期のニュース・レポートに現われているのである。「ウォール・ストリート・ジャーナル」紙上では、ダニエル・クリッテンデンが想定「反少年的圧力団体《ロビー》」に対抗してこれらの書物をリストに加えたうえで、さらにハリー・ポッターは「少年たちの真の本性」に語りかけているのだから、このシリーズは少年たちに読むことを鼓舞するばかりか、彼らが「勇敢かつ立派な男子に成長する」手助けもするであろうと示唆したのだった。けれども、このシリーズは男女両性の読者たちの心を引き付けてきたのであり、このシリーズへの人気はやがて、人気あるものごとすべてに懐疑を抱く人たちの怒りを呼ぶことになった。まず英国において、次にアメリカにおいて、若干の批評家たちがこれらの本をターゲットにしながら、この現象を攻撃し始めた。「ジ・インディペンデント」紙（ロンドン）に寄稿して、児童書作家テレンス・ブラッカーは、ハリー・ポッターに関する「ごぼごぼ音を立てる、感傷的な社説」を批判して、このタイトルになっている主人公が供しているのは、「一九九〇年代にとっての完全な英雄」である、何となれば、この主人公の物語は「おばあちゃんの道徳的確信」を供しており、しかも、「微笑するリベラルの顔つきをしたブレア流社会保守主義」を支持しているからだ、と主張した。「スコットランド・オン・サンデー」紙のアラン・テイラーは、ハリー・ポッター・ファンを「虚構の主人公と一列になって年を取る〔……〕ヘロイン常用者たち」に比較しつつ、「ハリー・ポッターの世界は道徳には無関心であるし素朴である」と断じた。彼はまた、「これらの本自体はとても古典になりはしまい」と感じた——「名文家としては、彼女は霊感を受けているというよりもむしろ有能なのである。彼女の文章には歌はないし、その散文には音楽がない」と。ピコ・アイアーはテイラーとかブラッカーとかのこれら小説に対する嘲笑を共有しているようには見えないが、「ニューヨーク・タイムズ・ブックレヴュー」紙に寄せた彼のエッセーは、ローリングのフィクションと現代英国との間の多くのパラレルを展開させていた。「ハリー・ポッター」シリーズと児童の古典とを好意的に比較した後で、彼は書いている――『『ハリー・ポッター』の各小説を言わば飛ばさせているものはそれらの超世俗性というよりもむしろ、ものごとの現実のあり方（あるいは、少なくとも、鵞ペンや羊皮紙がまだコンピューターよりも普通だった時代にそうであったあり方）への忠実性なのだ。たとえば、ハリー・ポッターの世界も示唆しているように、魔法使いたちはただ、正当な学校へ通学した正規のマグルたちに過ぎないのである」と。

これらの本がそもそも学校に納入されるべきかどうかが、一九九九年後半のアメリカにおいては一つの争点になった。「タイム」誌の九月号のハリー・ポッターに関するカヴァーストーリーは、吸魂鬼《ディメンター》たちについてのルーピン先生の描述を引用し、また、将来の小説では「いろいろの死が生じることになろう」とのローリングの約束を収録していたのだが、これに刺激されて、南カロライナ、ジョージア、ミネソタ、ミシガン、ニューヨーク、コロラド、カリフォルニア各州の親たちは、このシリーズが反キリスト教的であり、魔法を推進しており、子供たちに道徳上危険な影響を及ぼしている、と非難した。南カロライナ州コロンビアのエリザベス・マウンスが或るコメント（これは多くの英米の新聞に再録された）で語ったところによれば、「これらの本は死、憎悪、敬意の欠如、純然たる悪意といった深刻な調子を含んでいる」（Galloway）。マグルたちのハリー擁護の努力（http://www.mugglesforharrypotter.org）や他の人びとのそれにもかかわらず、ハリーの敵対者たちは、ローリングの「ハリー・ポッター」シリーズをアメリカ図書館協会の一九九九年の「もっとも異議申し立てされた本」のトップに置くことに成功したのだった。自分の本がしばしばこのリストに登場しているジュディ・ブルームは、「ニューヨーク・タイムズ」紙における一九九九年十月に公開された作品の全段抜き大見出しを嘲笑したものである。「われわれが歩んでいる速度で、私には来年の大見出しが想像できるのです――家具と話をすることを子供たちに奨励して禁書にされた『お月さん、おやすみ』、というのをね」。パロディ新聞「ジ・アニャン」はもう一歩を進めて、「『ハリー・ポッター』シリーズが児童の間に悪魔崇拝をかきたてる」というふざけ半分の表題の記事で、保守的なキリスト教徒たちを風刺した。ローリングは彼女なりに、こう語ったのである――「読者が気にしている誰かを殺す〔こと〕」はヴォルデモートがいかに邪悪であるかを証明しているのであり、そして、「もしみなさんが魔法や超自然的神秘を扱った本を全部追放なさるなら、児童文学の四分の三を追放することになるでしょう」(Gray; Weeks) と。人びとがこれらの本に反対するとしたら、彼女にはひとつの「はなはだ基本的な解決策――そんなものを読むな――」(Weeks) がある。もちろん、すべての保守的キリスト教徒たちが「ハリー・ポッター」シリーズを追放することを主張したわけではない。二〇〇〇年五―六月号の「いろは帳《ホーンブック》」誌への寄稿で、保守的キリスト教徒を自認するキンブラ・ワイルダー・ギッシュは、「ハリー・ポッター」シリーズへの潜在的異論にある聖書的な根底を入念に素描した。けれども、彼女はこうも示唆したのである――熱心なキリスト教徒の子弟が「これらの本に強い興味を持つ」としたら、「両親はこれらをひとつの学習経験として用いればよい」のであり、子供たちにこれらの本から、背後に残された最上のことのみならず、人が受け取れるよいことは何かを認識する、「思慮深い読者になる方法」(270) を教えればよいのだ、と。

　この現象がひとたび収まるや、「ハリー・ポッター」シリーズを歴史は置き去りにするだろうか否かということが、『ハリー・ポッターとアズカバンの囚人』書評においてより頻繁に現われるようになった。「ハリー・ポッター」シリーズと古典的小説との比較は、大半の書物の書評標準を高めることになるし、そのことは、ローリングの仕事がキャロル、ルイス、ダール、ボームのそれと比肩することでその人気を正当化するに違いないとの感情の表われでもある。グラスゴウの「ヘラルド」紙は『アズカバン』を「多分これまでのシリーズのうちで最上の本」として推奨したが、こうも警告した――このシリーズは厳密に子供たちのものなのだ。「これらは厳密には永遠の物語なのではない」のであって、「箒の柄をもったイーニッド・ブライトン」（Judah）なのだ、と。「ニュー・ステーツマン」紙に寄稿したアマンダ・クレイグは、ローリングを「フィリップ・プルマンの類いに」ではなくて、むしろエディス・ネズビットとロアルド・ダールとの間に――「どちらよりも破壊的ではない」けれども――位置していると考えた。言い換えると、クレイグはローリングの「楽しみを創出したり伝達したりする両方の能力」を称賛したのであり、彼女はこの小説をそれの二人の先行者たちとどこから見ても同じくらい優れていると見なしたのである。この小説の深い奥行きを見いだして、「ザ・ガーディアン」紙の力のこもった書評は、本書の暗さと道徳的複雑さを称えながらも、ハリーが「悪が予期せぬ形をとるかも知れない世界で生き残ることの意味を理解しようと」（Lockerbie）努めなければならないことに注目している。「ザ・タイムズ」、「ザ・サンデー・タイムズ」、「ジ・アイリッシュ・タイムズ」の各紙はみな『アズカバン』がローリングの今日までで最上の作品だと見なし、「ジ・アイリッシュ・タイムズ」紙は、「出版前の宣伝は正当化された。これはまったく、鬼才の本だ」（Dunbar）と付言している。合衆国では、程度は異なるが、ほとんどの書評家たちは「ハリー・ポッター」シリーズ第三巻を好んだ。グレゴリー・マクガイアーは「ニューヨーク・ブック・レヴュー」紙に寄稿して、「プロットの点から、これらの本は何ら特別に斬新なところはないが、とにかくプロットをきらきらと多角的に仕上げている」と感想を洩らしていたし、他方、「USAトゥデー」紙のキャシー・ハイナーは、ローリングは『『アズカバン』でもう一本ホームランを記録し」たと考えた。「ボストン・グロウブ」紙のローゼンバーグは、ローリングは「本書において多くのやり方で新しい頂きに登っている」と語った。しかしながら、肯定的な数々の書評にも現象そのものにも異議を唱えて、「いろは帳《ホーンブック》」誌のロジャー・サットンは、「ハリー・ポッター」シリーズを「好感は持てるが、酷評すれば無意味なシリーズ」(500)と呼んだのだった。

『ハリー・ポッタと炎のゴブレット』の刊行(英米とも二〇〇〇年七月八日)の前およびそれに続いて、幾人かの批評家は「ハリー・ポッター」シリーズがいかに無意味かを宣告せざるをえないと感じた。フィリップ・ヘンシャー、ウイリアム・サファイア、ハロルド・ブルームによる分析は、ジャンルとしての児童文学に対してか、またはハリー・ポッターに対してか、いずれに対しても、第一には彼らの俗物根性で注目に値いするし、とりわけひどく人気がある点で注目に値いする。ヘンシャーの論法――これらの本には「文学的価値」はないし、「古典」にはなるまい――は、児童文学に対しての彼の偏見によって値

ブルームは、洞察力よりも傲慢さを発揮したのだが、これは、彼が広く読まれているだけ

打ちを下げていた。そのことは、『ハリー・ポッターとアズカバンの囚人』がシーマス・ヒーニーの『ベーオウルフ』訳の代わりにウィットブレッド賞を獲得するかも知れないと心配になり、「われわれが気遣うべきことは、アダルト文化の幼児化、古典とは何かについての感覚の喪失である」と彼が宣言したときに露呈されたのだった。[*] ヘンシャーの一文が現われた二日後に、サファイアはローリングがウィットブレッド賞を獲得しなかったことに感動して、『アズカバン』に対しては「最上の児童書にはより小さい賞」を授与することにした点で審査員たちを称え、アダルト文化の衰退に関するヘンシャーのコメントを引用したのであり、しかも、児童文学および児童文化に関しての自分自身の無知を露呈する結果になった。それというのも、「ハリー・ポッター」シリーズが深みを欠いていると非難しつつ、彼はL・フランク・ボームの『オズの魔法使い』(一九〇〇年)を古典的な児童書として持ち上げ、その主人公ドロシーの「変形するルビー色の赤い靴」に言及し——かつ、この靴が映画では赤いが、書物では銀色なのを忘れ——たからである。「ハリー・ポッター」シリーズ第一巻だけを読んでから、サファイアは第三巻は「賞に値いする文化」ではなくて、むしろ「大人の時間のむだ使い」だと裁決したのである。批判的意見を行う前に第一の小説以上にさらに読む必要なしとやはり信じた、エール大教授ハロルド・ブルームは、洞察力よりも傲慢さを発揮したのだが、これは、彼が広く読まれているだけ

に、むしろ失望させることだった。彼はこの本を「うまく書かれていない」ものに分類し、そして、それには「真の想像的ヴィジョン」が欠けているがゆえに、それがはたして「児童文学の古典を証明している」のだろうかと疑ったのである。彼は或る作品のヴィジョンの真正さはいかにして測られるのかを示してはいなかったけれども、こう書いていた――「ありきたりの筋にのしかかった、彼女の散文スタイルは、読者たちにいかなる要求もしていない」と。これによって、彼は自己自身の分析を新批評的《ニュークリティシズム》クリシェーに限定したのである。ドラコ・マルフォイを想起させるような、謙遜した調子で、ブルームは尋ねるのだ――「なぜそれを読んだのかって？　たぶん、もっとましなものを何か読むようにみなさんが勧められなかったとしたら、ローリングがそうしなければならないでしょう」。ミネソタ大学教授で児童文学者のジャック・ジプスは、ブルーム、サファイア、ヘンシャーの流儀でへり下りはしなかったが、しかし彼の分析はこれらの本の人気に基づいているように見える。「西欧社会で何かが一つの現象となるためには、それは慣習的にならなく

＊　ダニエル・ジョンソンが「デイリー・テレグラフ」紙一月二十九日号で発表した、ヘンシャーへの回答は、次のような論駁をしていた――「仮に『ハリー・ポッター』がすべてのものよりよく売れたからとて、このことはアダルト文化が幼児化されつつあることを意味しているのではなくて、〝アダルト〟小説に想像力が欠如していることを意味している。『ベーオウルフ』を魅力的にしているものは、『ハリー・ポッター』にその普遍的魅力を与えているものでもあるのだ」と。

てはならない」、と彼は書いていた。ローリングの小説は「ひどく気がきいており、平凡であるからこそ、異常な売れ行きをしているのである」。だから、ジプスからすれば、「ハリー・ポッター」シリーズの成功は、それが平凡であること、言外には、成功に値いしないことを意味しうるだけなのである。

シリーズの売れ行きはあまりにも異常なくらいすごかったから、『ハリー・ポッターと炎のゴブレット』が刊行された頃には、いかなる先行のそれにもまさる書評を受けることになった。実際、『ゴブレット』が売り出される数日前に、ジョージ・ウィルは「ザ・ワシントン・ポスト」紙の社説で「ハリー・ポッター」シリーズを称賛した。刊行日には、ロンドンの「ザ・タイムズ」紙は第一面の論説として、「まっさきの書評——新ハリー・ポッター〝かんしゃく玉〟」と告げる見出しの付いた記事を載せた。「で、それは立派か？確かにそのとおり」とサラー・ジョンソンは記している。「またしても、ローリングは機知に富んだ、想像力豊かなアイデアでページを満たしている」と。けれども、『炎のゴブレット』への書評ははっきりと混乱していた。「サンデー・ヘラルド」紙のアイアン・ブルースはこの小説を「ローリングの若い読者たちをさらに満足させるであろう。前篇の三作の精神に則った、六三六ページの見事に形作られたスリラー」と呼んだが、他方、「ジ・オブザーヴァー」紙のロバート・マクラムは、それを「かさ張っているが軽い」と考え、さらにローリングの「作品は異国風な人物に満ちており、それはページからページへと読者ののどを通るのだが、彼女の散文は古いビールと同じようにまずい（し英国的である）」と付言した。「ニューヨーク・タイムズ」紙のジャネット・マスリンは、これらの小説が未来の読者たちによって古典と見なされるであろうとの信念を表明し、そして、『炎のゴブレット』は「素晴らしく明白になるべきものが何かについてのもっとも明らかな証明」を供している。「ポッター・シリーズをかくも人気あらしめているものは、それらが非常に優れているという、ひどく単純な事実なのである」と述べたのだった。対照的に、「USAトゥデー」のディアダー・ドナヒューは、「第四の連続物はローリングのページをひねくる才能を目立たせる、性急な小説ではあるが、彼女のあっと言わせるような創造力をあまり見せてはいない」と書いた。二分された批評的見解を象徴するものは、「サンフランシスコ・クロニクル」紙のデイヴィッド・キペンであって、彼は『炎のゴブレット』を「書物の完全なティーンエージャ」と呼んだ。「これはむらがある。これは独善的だ。しばしば妙にいとわしい。なかんずく、広く知られているように、これは見苦しい」。

ハリー・ポッターの高姿勢を暗示するものとしては、『ゴブレット』が「ニューヨーク・タイムズ・ブック・レヴュー」紙上でスティーヴン・キングから、「ニューヨーカー」紙上でジョン・アコセッラから、「オタワ・シチズン」紙上でティム・ウィン＝ジョーンズから、「ジ・インディペンデント」紙上でペネロピ・ライヴリーから、そして「タイムズ・リテラリ・サプリメント」紙上でジュリア・ブリッグズから、それぞれ書評を受けたことが挙げられる。E・ネズビットの伝記作者ブリッグズは、このシリーズを「願望充足の、透明だが、完全に魅力的な作品」と呼び、「彼女の長所たる喜劇的創意工夫――ふくろう便、〝クイディッチ〟・ゲーム、トイレの幽霊、さらには怪獣たちの動物園――へ賛辞を表した。心のこもらない称賛と呼んでかまわないようなものの中で、彼女はローリングについて、「よく構成され、よく調整されているし、彼女の書き物はしばしば驚かせるが、滅多に神秘的なことはない」と述べていた。一九八七年度ブッカー賞受賞者のライヴリーは、このシリーズが「誘導的」であるというクレームを却けた（「何であれ誘導的だし、一方から見られるものなのだ。批評界ではそれを間テクスト性と呼んでいる」）が、それでも、彼女は『ゴブレット』は「長過ぎ」ると感じたのであり、刊行前の宣伝を批判もしたのだった。ホラー小説のベストセラー作家キングは、交通事故から健康を取りもどすため入院している間、「ハリー・ポッター」シリーズの第二、第三巻が「私にとって一種の生命線となった」と告白している。彼がこれらの小説を好んだわけは、それらが「抜け目のないミステリー物語」であり、愉快で楽しいからなのだ。『炎のゴブレット』は――と彼は書いている――「どこから見てもポッターの第一巻から第三巻までと同じくらい上等である」(13)。「ニューヨーカー」紙上で、アコセッラは認めていた――「この本は大いなる一つの無であるとみなさんにお告げしたい。実際、それは先行のものとまったく同じように素晴らしいものである」(74)と。「ローリングの成功の秘密」として「伝統尊重」を挙げつつ、アコセッラは説明していた――「ローリングの書物にはもろもろの原型がぎっしり詰まっており、しかも彼女はそれらを利用することはしていない。彼女はそれらをポストモダン風に誇っているのである」(74)と。別なやり方で肯定的な書評を書いた、児童書の作家ウィン＝ジョーンズは、若干の書評家たちを悩ませたテーマ――『ゴブレット』における「外国人たち」の描写――に触れている。ウィン＝ジョーンズの言によると、「〝外国人たち〟の出現は、われわれにローリングのあら探しをする理由を与えている。フルールは横柄なように描写されているし、ドゥルムシュトランク校の一団は猾くて口先がうまいとされているのだ」。言い換えると、「ステレオタイプ化は、忌まわしいというよりも、コミック・ブックスの特性たる、陳腐化なのだ」。ある人がローリングは現実世界の諸問題をあまりにも単純化し過ぎていると見なしたとしたら、「ジ・アイリッシュ・タイムズ」のナイアル・マクモナグルは反対の立場を取ったのだった。つまり、「ローリングは弱い者いじめ、プライヴァシー、破れた友情、政治的自立向上、なかんずく切実な、親子関係をも含めて、マグルの国における深刻な諸問題についての真剣な思想を考えるように読者たちに求めているのである」と。

『ハリー・ポッターと炎のゴブレット』の多くの書評家たちは、この時点でのシリーズ全体を分析したのであり、したがって、ローリングの小説に関するいくつかの論説は言及に値いする。初めの四作に関しての、アコセッラの「ニューヨーカー」紙上での一文に加えて、アリソン・リュリーは初めの三作を評価した。リュリトはハリーの物語を「子供時代の力——想像力、創造性、ユーモアの力——への隠喩」と見なし、ローリングの作中人物たちにおける「心理的巧妙さ」——「善良な人物たち」ですら「完全ではない」のである——への賛辞を表わした。しかしながら、批評的コメントを段落ごとでの洞察の頻度の点から測るとしたら、ポリー・シュールマンとA・O・スコットによるオンライン・マガジン「スレート」での書簡体議論は、ローリングに関して公表されてきた何千もの記事のトップに位置することであろう。一九九九年八月に行われたとはいえ、彼らのやり取りは、翌月に力を発揮し始める、保守的なキリスト教徒たちの反動を先取りしてさえいたのである。ローリングの作中人物たちに関するリュリーの評言を先取りして、シュールマンはローリングの「教訓で打ち鳴らすことへの拒絶」が、彼女の厖大な読者数を説明する手助けとなると推測した。つまり「彼女の本はあらかじめかみ砕くことをされてこなかった、純粋な人間の相互作用と寓意との組み合わせからその深みを得ているのです。彼女は作中人物たちに彼ら自身の過ちを学ぶ(またはそれをし損なう)ようにさせているのです」と。「ハリー・ポッター」シリーズを連載小説と比較して、シュールマンはコメントしている――このシリーズは「ディケンズが次回分に懸命に取りかかっていることを知りつつも、彼の読者たちが彼の小説を連続物として読んだとき感じたに違いない興奮のいくらかを孕んでいるのです」と。両者とも〔ローリングの〕小説における〝ヤング・アダルト〟なるテーマに注目したのであり、スコットは魔法使いであることとゲイであることとの間の興味あるアナロジーを供したのだった。「あなたはあなたにとってナンセンスに見えるコードや規範に支配された敵対的世界に育ち、そして或る年齢になって発見するのです、あなたのような人びとが存在することを。あまつさえ、生粋の(マグルの)サブカルチャーと並んでそれ独自のコードと規範を有するサブカルチャー全体(とはいえ、奇妙にもこれには気づかないのですが)も存在しているということにも」。彼ら二人の分析の豊富さに迫るのは困難であろうから、ジョディ・カンターとジュディス・シューレヴィッツが二〇〇〇年七月に「スレート」で公表した〔交換〕書簡がシュールマンとスコットの標準にとうてい達していないのも驚くに及ばないだろう。それにもかかわらず、シューレヴィッツの家敷下僕《しもべ》妖精(若干の書評家を混乱させた『ゴブレット』における下位プロット)に関するコメントや、ヴォルデモートと『リア王』におけるエドマンドとの比較は、注目に値いする。

ヴォルデモートはエドマンドと同じく、自分の「社会的地位が〔自分の〕両親の婚姻関係、もしくはそれの欠如によって決められて」しまったことで「世間を罰」したがっているというのである。最後に、「ハリー・ポッター」シリーズの最初の三巻に対しての、矛盾しているとはいえ、徹底的な検討をしたニコラス・タッカーの「ハリー・ポッターの立身出世」は、このシリーズに関するまちまちな意見の包括範囲を具現させたものである。つまり、この論文の前半はシリーズをけなしており、後半は逆に称賛の理由を見いだしているのだ。しかしながら、始めから終わりまで、タッカーはその注釈の根底をローリングの文学的先行者たちについての徹底した知識に置いているのである。

4　小説の演出

「ハリー・ポッター」シリーズはそれ以前の多くの文学作品からいろいろな影響を受けているけれども、これの成功のスピードと範囲はまったく今までにないものである。ドクター・スースの『ああ、君の行く場所よ』(一九九〇年)、リチャード・アダムの『水船の沈没』(一九七二年)、E・B・ホワイトの『シャーロットのおくりもの』(一九五二年)はいずれも〝アダルト書の〟ベストセラー・リストに載ったが、「ハリー・ポッター」シリーズは、児童書でかくも信じ難いレヴェルの大衆的成功を博した嚆矢である。『ハリー・ポッターと賢者の石』は、発行の数カ月以内に英国のハードカヴァー・ベストセラー・チャートに載ったし、続く三巻は発売されるや、これらチャートのトップに躍り出たのだった。二十世紀末および二十一世紀初頭において、J・K・ローリングは英語圏でもっとも広く読まれた作家の一人となったのである。

児童文学は大人のベストセラー・リストから除外されるべきだとの理由から、リストによっては、このシリーズを締め出したものもあった。「サンデー・タイムズ」紙のベストセラー・チャートは、文学部門編集者キャロライン・ガスコイニュの説明によると、「われわれは本紙の主要ベストセラー・リストに児童書を含めた例がないし、それはごく単純なことである。われわれのリストはもっとも名声があり、かつ頼りになると見なされているものと考えている。それだからこそ、代わりにハリーは児童書のベストセラー・リストに載せたのである」(Gibbons) との理由で、このシリーズを記録に載せることを拒絶したのだった。こういう厳格な禁止にもかかわらず、「サンデー・タイムズ」紙は、『スター・ウォーズ——エピソード一——ファントム・メナス』〔ジョージ・ルーカスが監督した映画〕といった文学は収録したのである。「ニューヨーク・タイムズ・ブック・レヴュー」紙の「ハリー・ポッター」シリーズに対する取り扱い方は、おそらく児童文学に対しての文化的偏見をより以上に明示しているのかも知れない。当初、この「ブック・レヴュー」はシリーズをリストに留めることを許したのだが、しかしそれがトップにのし上がると、スコラスティック社のライヴァルたちは「ハリー・ポッター」シリーズは除去してかまわないのではないかと質問し出したのだ。なにしろ、このシリーズの支配のせいで、他の(大人の)書物が「ニューヨーク・タイムズ」紙からベストセラーの認可を得られなかったからである。二〇〇〇年七月二十三日——『ハリー・ポッターと炎のゴブレット』がリスト上でトップの四つの位置をローリングに与えたであろう日――に、このポッター小説は突如リストから消え失せて、「児童たちのベストセラー」リストに再び姿を現わすこととなったのだ。「ブック・レヴュー」紙の編集人チャールズ・マクグロースは、「ブック・レヴュー」紙のリストを変えるのに「ハリー・ポッターは触媒となった」ことを認めた。「この現象は去ってしまうことがないだろう」と彼は語った（"Turning a page at the Book Review"）。マクグロースが編集人をしている間は、「ブック・レヴュー」紙のリストを細区分することもなかなかよくなりそうにない一つの現象となった。二〇〇〇年九月十日号で、彼は児童書のリストを、〝ペーパーバック〟、〝絵本〟、〝トピック〟の各リストに再編し、そのときからそれぞれのうち一つを各週の「ブック・レヴュー」紙に載せたのである。予見できるとおり、スコラスティック社は自社の「ハリー・ポッター」シリーズがもはや毎週は登場しなくなるということに満足しなかった。

「ニューヨーク・タイムズ」紙のベストセラー・リストがだんだんと特殊化された断片に粉砕されるという差別待遇を受ける前に、ハリー・ポッターは国際著作権法の限界をためされたのだった。ブルームズベリー社はシリーズ第一巻を一九九七年夏に発行したが、スコラスティック社は一九九八年秋まで発行しなかった。スコラスティック社は一九九九年九月まで第二巻を発行する計画がなかったけれども、ブルームズベリー社は一九九八年七月にそれをすでに発行していた。一九九九年四月初旬頃には、熱心な多数のアメリカの読者たちはアマゾン社のブリティッシュ・ウェブサイトから、ブルームズベリー社版を購入していた。もちろん、スコラスティック社はオンラインの本屋が合衆国の出版社の専売権を侵害したと異議を申し立てた。これに応えて、アマゾン社は合衆国の顧客には注文ごとに一部購入に限定したし、スコラスティック社はスケジュールを四カ月早めて、一九九九年五月に『ハリー・ポッターと秘密の部屋』(*Harry Potter and the Chamber of Secrets*)を印刷したのである。ブルームズベリー社が『ハリー・ポッターとアズカバンの囚人』(*Harry Potter and the Prisoner of Azkaban*)を一九九九年七月に発行したときにも、問題は手短に言えば再然したのであって、スコラスティック社はやはりスケジュールを早めて、九月に同小説を発行したのだった。大西洋の向こう側での将来の版権騒動を回避するため、『ハリー・ポッターと炎のゴブレット』(*Harry Potter and the Goblet of Fire*)は合衆国と英国の両国で二〇〇〇年七月の同じ日に発行されたのであり、二種のハリー・ポッター教科書は二〇〇一年三月の同じ日に発行されたし、ブルームズベリー社とスコラスティック社は将来、すべての「ハリー・ポッター」シリーズを同時に発行することに同意したのである。

大西洋の両側での第一巻の販売において、口伝えは重要な役割を演じたのだけれども、

「ハリー・ポッター」シリーズ全巻はやがて出版社のマーケッティング・キャンペーンや、シリーズを取り巻くメディアの宣伝から利益を得ることになった。シリーズ第三巻の英国での発売に先駆けて、ブルームズベリー社が採用したのは、ロンドンの「ザ・タイムズ」紙が言うところの「ディズニー方式の〝じらし〟技法」であって、空のハリー・ポッターの箱を陳列させ、「『ハリー・ポッターとアズカバンの囚人』は間もなく登場と、じりじり期待をもたせる」(Johnson, "Just Wild about Harry") 方法だったのである。一九九九年七月に英国で本が発売されたとき、まだ全校が休暇に入ったわけではなかったから、書店は午後三時四十五分までそれを売るのを拒み、こうして、児童がそれを買うために学校をサボることのないようにしたのだった。シリーズ第四巻——二〇〇〇年七月八日真夜中に発売——は、書店をして、両親および子供とも『炎のゴブレット』を入手するため大変遅くまで起きているように、ハリー・ポッター・パーティを主催することを決心させた。もっとサスペンスを高めて、出版社は小説のタイトルさえもらすのを拒んだ。本屋に発売された白一色の箱の上には、ただ「ハリー・ポッターⅣ。ナショナル・ストリートにて。発売日は二〇〇〇年七月八日。二〇〇〇年七月八日以前には売らないこと」と記されているだけだった。言い換えると、バージニアの一人の若い読者が正式の発売日の一週前に売り出された一冊を見つけ、しかもその本のタイトルは報道機関に知らされるところとなったのである。クリスマス・シーズンになるたびに、ブルームズベリー社もスコラスティック社も、そのときまでに発行されたシリーズの全小説の箱入りセット物を売り出したし、両出版社ともマニア版をより高い値段で売ることになる。ブルームズベリー社はまた、シリーズの初めの三冊の〝特別版〟をも発行したし、スコラスティック社は『魔法使いの石』(*Sorcerer's Stone*)のデラックス版(金縁のページに、ローリング自身が描いたハリーの原画入り)に七五ドルの値を付けて売り出すことになる。一九九八年十月には早くも、ブルームズベリー社はハリー・ポッターのクロスオーヴァー的な人気を確認して、『賢者の石』の二種のペーパーバックを作製することにし、一方は子供用のカヴァーを付け、もう一方は大人用のカヴァーを付けて売り出した。シリーズの続きがそれぞれペーパーバックで発売されたので、ブルームズベリー社は二種の版を提供し続けたし、こうして、大人たちが何ら気おくれすることなく、ローリングの本を列車通勤の途中でも読めるようにしたのだった。ブルームズベリーのオーディオ・ブックス――スティーブン・フライ朗読――でさえ、カヴァーを変えてあり、〝アダルト〟版は〝子供〟版よりもやや高価になっている。スコラスティック社のオーディオ・ブックス――大人と子供で別々のカヴァーを作ることをしていない――はやはり省略なしで、ジム・デールが朗読している。英米のオーディオ・ブックスの相違は、フライが“Voldemort”の〝t〟を発音しているのに対して、デールはフランス語式口調（〝t〟抜き）で発音している点である。デールはまた、フライほど強くない英国式アクセントで語っているが、これはおそらく、アメリカの聴衆から聴きまちがえられる危険をなくするためなのだろう。

ブルームズベリー社およびスコラスティック社のオーディオ・ブックスで主要な相違は、テクスト本体にある。ローリングの助けを得て、スコラスティック社のアーサー・A・レヴィーンはイギリス英語からアメリカ英語へ各小説を置き換えたのだが、この行為はそれぞれ批判を蒙ることになる。シリーズ第四作『ハリー・ポッターと炎のゴブレット』（米語版）が出版されたとき、ピーター・H・グレイックは「ニューヨーク・タイムズ」紙上の公開記事で「イギリス英語から〝アメリカ〟英語への退化」を嘆き、スコラスティック社の〝米国化された〟テクストは、合衆国社会の〝愚鈍化〟に資するものだと遠回しに言った。前年には、「ニューヨーカー」紙上の同じ話題に関する短いレポートに応えて、当時十一歳のウィテイカー・E・コーヘンはレヴィーンを批判して、子供たちには「大きな想像力があるし、語の意味はその文脈から〔……〕たいてい考え出すことができるものだ」と主張していた。レヴィーンとしては、こう語るのだった——「私がやろうとしたのは、彼の言を引用するなら、語を『米国化する』ことではなかったのです。私がやろうとしたことは、移し換えという、何か違ったことなのです。私はこの本を読むアメリカの子供《キッド》が、イギリスの子供《キッド》と同じ文学経験をすることを確保したかったのです」（Radosh）。レヴィーンの弁護によれば、書物は共通の出版慣習のひどく公的な一例ということになるし、また実際、多くの児童書は「ハリー・ポッター」シリーズ以上にはるかに激しい変貌を蒙っているのである。とはいえそれでも、国を異にする子供たちに「同じ文学経験」を生じさせることは可能なばかりか、望ましくもあるとのレヴィーンの憶説については疑念が残るかも知れない。シリーズの初めの三冊は最大限の移し換えが行われたし、なかでも『ハリー・ポッターと賢者の石』（英国版）はもっとも変化を蒙った。米国版のタイトルからは錬金術との関連が除去されたほかに、レヴィーンとローリングは、数例を挙げれば、〝ジャンパー〟を〝セーター〟に、〝フットボール〟を〝サッカー〟に、〝クイディッチ・ピッチ〟を〝クイディッチ・フィールド〟に、〝ホットケーキ〔クランピト〕〟を〝イギリス・マフィン〟に、〝マム〟を〝モム〟に——もっとも、その後の他の本は〝マム〟が保持されたが——〝ジャーベット・レモン〟を〝レモン・ドロップ〟に変更したのだった。たぶん、大規模な移し換えには原稿があまりに遅くスコラスティック社に届いたせいか、あるいは出版社の方策の変化のせいだろうが、『ハリー・ポッターと炎のゴブレット』のアメリカ版ではまったく変更が施されていない。（たとえば）〝ジャーベット・レモン〟が保持されているばかりか、スコラスティック社の『ゴブレット』のための『文学ガイド』

(*Scholastic Literature Guide*) はイギリス英語とアメリカ英語との違いを認めてさえいるのだ。「英語の学習」と題する練習問題用紙では、「ハリーとその友だちは英語を話していますが、彼らは必ずしもアメリカ人たちと同じ語を使っているとは限りません」と説明があり、二枚の単語表が与えられていて、アメリカの読者たちに「ハリーの用いているそれぞれの語を、あなたが言うであろうそれ（ら）にマッチさせなさい」(Beech 22) とアメリカの読者たちを誘っているのである。

外国語訳はブラジル、ブルガリア、中国、クロアチア、チェコ共和国、デンマーク、エストニア、フィンランド、フランス、ドイツ、ギリシャ、ハンガリー、アイスランド、インドネシア、イスラエル、イタリア、日本、韓国、オランダ、ノルウェー、ポーランド、ポルトガル、ルーマニア、スペイン、スウェーデンで出版されている。* 中国人は哈利《ハリ》・波特《ポテ》（Harry Potter）について読むし、イタリア人は沈黙先生《プロフェッソーレ・シレンツィオ》（Dumbledore）に出会うし、フランス人は傲慢先生《プロフェスール・ローグ》（Snape）を嫌うことを学ぶのに対して、ハリー・ポッターの英語への影響は英米の社説、政治漫画や、日常のもろもろの表現にさえ見て取れる。「ジ・インディペンデント」紙では、『企業おかかえ国家――英国の法人乗っ取り』についての書評が、この著者ジョージ・モンビオットを「英国の公的生活を営

* 現在ではさらにその他の二十二カ国で出版されている。（訳注）

むハリー・ポッター」と呼ぶことから始めていた。なんとなれば「めがねをかけ、ややぼさぼさ髪の、少年みたいに親しみがある彼は、善と悪との大きな闘いに熱心に従事しているという印象を与える」からである。「彼にあっては、ヴォルデモートは普通大企業と呼ばれているものなのである」(Aaroncvitch)。対照的に、アメリカの雑誌「企業家《アントルプルネール》」はすぐさま、このシリーズを資本家擁護的と主張し、「マジックやミステリーの背後には、企業家の話が隠れている」(Williams) としたのだった。同様に、多くの新聞記事ははっきりと「ハリー・ポッター」シリーズとの関連を出さないで、隠喩としてこれらの小説に依拠してきたのである。「ニューヨーク・タイムズ」紙の公開コラムニストで「ハリー・ポッター」のゆるぎないファン、ゲイル・コリンズは、二〇〇〇年四月に、「候補者としてのクリントン夫人はハーマイオニー・グレンジャーだ。彼女は全課程に加わろうと欲しており、スケジュールがぶつかれば、彼女は細胞分裂してレプリカを作るであろう」(“Rudy's identity crisis”) と書いた。コリンズのコラム記事がハリー・ポッターへの言及(“An ode to July”) で始めた日に、トマス・L・フリードマンによるパレスチナ＝イスラエルの和平プロセスに関する公開の文章は、「レバノンと炎のゴブレット」と題されていた。二〇〇〇年十月のコラム記事でモーリーン・ダウドは、ローリングの公開ページの威力を確認しつつ、こう書いた——「概して、大統領はアル・ゴアに関して我慢強かったのであり、彼を、誰もあえてその名をしゃべらぬくらい恐怖をかき立てているハリー・ポッターの仇役、ヴォルデモート卿としてはねつけてきたのである」。

リン・ジョンストンの「よかれあしかれ」、ディーン・ヤングおよびデニス・ルブランの「ブロンディー」、ジェフおよびビル・キーンの「家族サーカス」、ボブ・ブラウンの「ハイとロウイス」、ダービー・コンリーの「ファジーになれ」、そして、チャールズ・シュルツの最近の〝ピーナッツ〟連続漫画の一つでは、ハリーが登場していたのだが、これらに加えて、二〇〇〇年の米国大統領選挙に関する時事風刺漫画や、事実をともにしたテレヴィや、コンピューターにはハリーが主役を演じたのだった。「ジ・オレゴン」紙のジャック・オーマンは、ハリーを副大統領候補に選ぶアル・ゴアを描いたし、「ルイスヴィル・クーリア＝ジャーナル」紙のニック・アンダーソンは、両親が〝現実《ナマ》のテレヴィ〟を観ている間、『ハリー・ポッター』を読んでいる子供を描いて見せたし、(ミシシッピ州ジャクソンの)「クラリオン・レジャー」紙のマーシャル・ラムゼイは、コンピューターが使用されずにしぼんでいる間に『ハリー・ポッター』を読んでいる子供を描いた。* 「ウォール・ストリート・ジャーナル」紙は第一面の話を、民衆の想像力を摑んだハリーの威力に当て、「ニューズデイ」紙が「短距離競走者マイケル・ジョンソン」を、二〇〇メートル・オリンピック予選競技試合で燃え上がっていることで一人の〝マグル〟と呼んだこと、そして、シカゴの「デイリー・ヘラルド」紙がNBCのオリンピック・コメンテーターを、たぶん「人民から楽しみを吸い取〔った〕」からであろうか、吸魂鬼《ディメンター》たちになぞらえたこと、に言及した（Rose and Nelson AI）。「スポーツ・イラストレイティド」紙は、全米大学スポーツ協会（NCAA）からダンブルドア宛の覚書きさえ想像を逞くし、「〔その〕クイディッチ・プログラムに含まれている重大な規則違反の可能性」で彼を非難するだけでなく、ハリーにホグワーツ校の初年度にプレーさせるため規則を曲げたり、スリザリン寮チームでドラコのために場所を確保するため、「すでに開発された箒の技術」をもつルシウス・マルフォイの才能を生かしたりしたことでも非難している（"What if Quidditch"）。「ウォール・ストリート・ジャーナル」紙の記事が主張していたところによると、「ポッター熱は仕事、政治、小説の日常語に入り込みつつあり、ここではそれはシリーズの幾百万人ものファンたちに、ありとあらゆる善悪のやり方に新たな消息通の速記術を提供している」（AI）。

二〇〇〇年七月号の或る時事風刺漫画では、「ハリー・ポッター」シリーズのマーケッティングを数カ月も先んじて、ダン・ワッサーマンが二人の子供を描いた。一人は『ハリー・ポッター』を持って店のそばの通りを歩きながら、ハリー・ポッター料理、魔法使いフライ料理、マグル・コップ、それに「ハリーがらくた」を売っている。一人の子がもう一人に向かって言う――「どんな終わりになるかはもう僕には見通せるのさ――闇が勝利を押しつけてくれるよ」。ワーナー・ブラザーズはシリーズの映画化を行う傍ら、一連のグッズの販売を許可した――レゴ玩具、カード・ゲーム、ボード・ゲーム、パズル、アドレス帳、カレンダー、新聞雑誌、Tシャツ、セーター、コップ、名刺、小立像、バーチ・ボットの百味ビーンズ、「飛ぶ音」を立てる箒ニンバス二〇〇〇、「ロアリン・スノリン・ノーバート」と名づけられた電動ドラゴン、「スプラウト先生のきのこ畑の旅」と呼ばれている働き道具一式、そして、ここにリスト・アップできないその他もろもろを（Barnes)。映画第一作は、英国では『ハリー・ポッターと賢者の石』、合衆国では『ハリー・ポッタ

＊　多くの漫画家はこういうテーマに関してのさまざまな異形を供してきた。たとえば、「サン・ホウゼイ・マーキュリー・ニューズ」紙のスコット・ウィリスは、両親が『生き残り』を観ている一方で、その息子は『ハリー・ポッター』を片手にして、「テレヴィの音を小さくしてくれない？　僕は読みたいんだから」(二〇〇〇年七月十二日号）と頼んでいる姿を描いた。また、「ロサンゼレス・タイムズ」のマイケル・ラミレスの描いた〝生き残りたち〟は、テレヴィ受像機を捨てて（〝現実《ナマ》のテレヴィ〟に関する記事で埋まったごみ入れに入れられている)、父が娘と一緒に『ハリー・ポッター』を読んでいる姿を見せている（二〇〇〇年七月十四日号)。選挙部門では、フォックス・ニュースのクリス・ハイアーズは、アル・ゴアは額に稲妻が走り、丸いポッター風めがねをかけており、一方ティッパー・ゴアが「まあ、アルったら！　あなたがめがねをかけ出したらハリーみたいに見えるだろうって言ったとき、私はてっきり、ポッターじゃなくてトルーマンのことだと思ったわ！」と問いただしているところを描いた。

ーと魔法使いの石』という題名で、二〇〇一年十一月十六日（日本では十二月一月）に封切られた。すでに映画『ダウトファイア夫人』や『ホーム・アローン』で有名なクリス・コロンバスが監督し、十一歳のダニエル・ラドクリフが主役、十歳のエマ・ワトソンがハーマイオニー・グレンジャー、十二歳のルパート・グリントがロン・ウィーズリーといった、ハリーの友だちの役をしている。グリントとワトソンは新顔だが、ラドクリフはBBCの『デイヴィッド・コパーフィールド』で若いデイヴィッド役を演じたことがあるし、また後ろだてのキャストにも多くの馴染みの名が見えている――ロビー・コルトレーン（ハグリッド）、リチャード・ハリス（アルバス・ダンブルドア）、アラン・リックマン（セヴルス・スネイプ）、デーム・マギー・スミス（ミネルヴァ・マクゴナガル）、ジュリー・ウォルターズ（ウィーズリー夫人）、ファイオナ・ショー（ペチュニア伯母さん）、ジョン・クリーズ（ほとんど首無しニック）といったように。しかしながら、映画およびそれにともなうマーケッティングに対するローリングの反応がこれまでずっと二重意識的であったことは疑いない。彼女はワイドスクリーンでクイディッチを見ることを待ち望んでいたし、正当な役者たちがそれぞれの役に振り当てられたものと思っていた。ところが、ハリー・ポッター・グッズの生産に先だって彼女は批判したのだ――「私が今外部のすべての親御さんに言えることは、アクションの人物像たちがひどかったら、お子さんたちに命じてもらいたいわ、『そんなもの、買うな！』って。ワーナー社にはお気の毒だけれど」(Stahl)。アクションの人物像たちが激しいプレイを助長するのでは、とのローリングの懸念に応えて、マッテルはこの人物像たちを「集めうる人物たち」と呼ぶことに同意した(Barnes)。

映画およびハリー・ポッター・グッズはローリングの財政的繁栄を増すことになるのだが、小説そのものでもすでに彼女を英国でもっとも富裕な女性の一人にしていた。一九九九年、ロンドンの「ザ・ミラー」紙はローリングを、スパイス・ガールズ（合わせて、第六位にランクしていた）、スーパーモデルのケイト・モス（第一八位）、『ブリジット・ジョーンズ』の著者ヘレン・フィールディング（第四一位）に先んじて、英国でもっとも富裕な女性リストの第三位に置いた。二〇〇〇年には、ローリングはリストのトップに立った。ハリーはその出版社にもかなりな財政的報酬をもたらした。ブルームズベリー社の『一九九八年度報告書』では、「ハリー・ポッター」シリーズの初めの二点は、七六万三〇〇〇部売れたことになっている（9）。『一九九九年度報告書』にはシリーズ全体で売れた部数の総計は載っていないが、（初めの二点の）ペーパーバックが一二三〇万部、『ハリー・ポッターとアズカバンの囚人』が一二五万部売り上げたことを明らかにしている。それの報告によると、さらに「ハリー・ポッター」シリーズの大売れ行きから得られた経済規模や既刊書目録の収益の増加は、総利潤益を約一・六％から五一・七％（一九九八年は五〇・一％）に増加させた」（7）。二〇〇〇年には、ブルームズベリー社版『ハリー・ポッターと炎のゴブレット』は出版される前にすでに五三〇万部売れた。スコラスティック社の売り上げも同様に、逞しかった。一九九八年十二月までに、『ハリー・ポッターと魔法使いの石』は印刷部数が一〇万部に近づいていたし、三刷り目に取りかかりつつあった（"U.K.'s number one best-seller"）。二〇〇〇年には、スコラスティック社は『ハリー・ポッターと炎のゴブレット』の初版三八〇万部を印刷し、第一週目に約三〇〇万部を売り、これまででもっとも早く売れた本の一冊となった（Mutter and Milliot）。すべての版（ハードカヴァーおよびペーパーバック）を含めて、スコラスティック社は二〇〇〇年十一月末までに「ハリー・ポッター」シリーズを四五三〇万部印刷したとのことである（"Scholastic joins"）。二〇〇一年三月初め頃には、四九〇〇万部が印刷された（Barnes）。同月には、二冊のハリー・ポッター教科書初版が合計一〇〇〇万部印刷された――五〇〇万部はスコラスティック社、五〇〇万部はブルームズベリー社によって（Holt）。

このシリーズの大衆的人気は、それが受けた多くの賞に比肩していた。一九九七年には、『ハリー・ポッターと賢者の石』はネスレ・スマーティーズ・ブック賞で金メダルを獲得したし、総なめに受賞したのであり、ＦＣＢＧ児童書連盟賞（長編小説部門）を獲得したり、英国図書館連盟賞により、児童のブック・オブ・ザ・イヤーと公表された。一九九七年には、バーミンガムのケーブル児童書賞を獲得したし、一九九八年には、ヤング・テレグラフ・ペーパーバック・オブ・ザ・イヤー賞とシェフィールド児童書賞も受賞した。『ハリー・ポッターと魔法使いの石』のジム・デールによる録音は、グラミー賞にノミネートされたし、この本はアメリカ書店組合からABBYを獲得した。一九九八年には、『ハリー・ポッターと秘密の部屋』はまたもネスレ・スマーティーズ・ブック賞、同じ二つのFCBG児童書賞を獲得したし、英国ブック賞により児童のブック・オブ・ザ・イヤーに指名された。同書はまた、スコットランド芸術協議会児童書賞、北東スコットランド・ブック賞をも獲得したし、ローリングは書店協会によってブックセラー・オーサー・オブ・ザ・イヤーに指名された。一九九九年末には、『ハリー・ポッターとアズカバンの囚人』とシーマス・ヒーニーの『ベーオウルフ』訳はともに揃って、ウィットブレッド賞にノミネートされたのであり、このことはハ、リ、ー、・、ポ、ッ、タ、ー、対、ベ、ー、オ、ウ、ル、フ、の、文、学、闘、争、(Prynn)といった滑稽な大見出しを生じさせることになった。二〇〇〇年一月に受賞作が公表されたとき、『ベーオウルフ』が一等賞を獲得し、『アズカバン』はウィットブレッド児童ブック・オヴ・ザ・イヤー賞を獲得した。一九九九年には、『アズカバン』はネスレ・スマーティーズ・ブック賞、FCBG児童書賞も獲得したし、ローリングは書店協会および英国書籍組合賞の両方から、オーサー・オブ・ザ・イヤーに指名された。二〇〇一年には、『ハリー・ポッターと炎のゴブレット』のジム・デールのオーディオ・ブックはグラミー賞を獲得した。

5　読書案内、ならびに討論用の質問

ローリングがほかに発表したのは、二冊のハリー・ポッター教科書、『幻の動物とその生息地』（ニュート・スキャマンダー著）と『クイディッチ今昔』（ケニルワージー・ウィスプ著）のみである。両著とも二〇〇一年三月に発行されたものであって、これらは愉快なパロディーの類いなのだが、かなり速く読めるものである。だから、第五作を待つ間、ローリングのファンたちはフィリップ・プルマン、デイヴィット・アーモンド、ダイアナ・ウィン・ジョーンズの作品を楽しむのがよかろう。プルマンの「ライラの冒険」シリーズ三部作――『北方の光』（一九九五年。合衆国では『黄金の羅針盤』と改題）、『神秘の剣』（一九九七年）、『琥珀の望遠鏡』（二〇〇〇年）――の読書レヴェルは、「ハリー・ポッター」シリーズよりも少しばかり高いが、同じくらい素晴らしいし、多くの書評家たちはこちらのほうがベターだと見なしている。その物語はローリングのそれと同じく作中人物たちによって推し進められているけれども、プルマンのシリーズはたしかにより暗く、より哲学的で、

困難な神学的問題を吟味しようという意志がより強い。ローリングのシリーズは、ダイアナ・ウィン・ジョーンズの「大魔法使いクレストマンシー」四部作——『魅せられた生涯』（一九七七年）、『カプロナの魔法使いたち』（一九八〇年）、『魔女の週』（一九八二年）、『クリストファー・チャントの生涯』（一九八八年）——のほうに、精神ではもっとも近いかも知れない。クレストマンシーなる大魔法使いによって結ばれた、これらの小説は、さもなくば独立した作品であるし、どの順番で読んでもかまわない。最後の二冊から始めるとしよう。これらはシリーズのうちでもっとも立派に書かれているほかに、学校の背景と魔法とを結びつけているのである。ジョーンズのものとしてはさらに、「ハリー・ポッター」シリーズに先行する指針的なパロディーたる、『ファンタジーランドへの手堅いガイド』（一九九六年）は言うまでもなく、『闇のダークホルム卿』（一九九八年）への続篇で、財政危機にある魔法使いの大学に関する物語『グリフィンの年』（二〇〇〇年）をも参照されたい。デイヴィッド・アーモンドは『スケリグ』（一九九八年）、『子ネコの荒野』（一九九九年）、『天の目』（二〇〇〇年）において、ファンタジーを社会リアリズムや〝ヤング・アダルト〟的テーマと巧みにブレンドしている。アーモンドの小説は魔法リアリズムにより近い。つまり、彼の小説は、夢、神話、宗教的なものをもって織りなされた、〝現実〟世界の中に設定されているのである。

「ハリー・ポッター」シリーズはまた、古典的なファンタジー物——たとえば、J・R・R・トールキンの『指輪物語』(および特にその先駆けたる『ホビットの冒険』)、アーシュラ・K・ル＝グウィンの四篇の「ゲド戦記」小説、スーザン・クーパーの「闇の戦い」五部作、ロイド・アリグザンダーの「プリデイン物語」、C・S・ルイスの『ナルニア国ものがたり』七巻、E・ネズビットの、シリル、ロバート、アンシア、ジェーンについての三部作——への入門としても役立つかも知れない。ローリングの小説における男女の役割は後退していると考える人びとは、スーザン・クーパーの作中人物たちによってさらに失望させられるかも知れない。『光の六つのしるし』(一九七三年)、『グリニッジ』(一九七四年)、『灰色の王』(一九七五年)という、中位の三書はプロットが巧みで、サスペンスに富んではいるけれども。ローリングも特に愛読している、ルイスの『ナルニア国ものがたり』七部作やE・ネズビットの三部作——『砂の妖精』(一九〇二年)、『火の鳥と魔法のじゅうたん』(一九〇四年)、『魔よけ物語』(一九〇六年)——は、ファンタジーを探索し始めるための小説なのかも知れない。ローリングが子供時代からの愛読書だったとしてしばしば挙げている本、エリザベス・グージーの『まぼろしの白馬』は、社会行動についての鋭い考察を、十九世紀のコーンウォールを舞台とした神秘的ファンタジーと結びつけている。グージの小説は明らかにジェイン・オースティンの影響を受けているけれども、ジェインがどれくらいジョアン・ローリングに影響を及ぼしたのかを理解するためには、『高慢と偏見』（一八一三年）およびゴシック風パロディー『ノーサンガー・アベイ』（一八一八年）が彼女の作品への優れた案内となる。オースティンよりも風刺に悪意があるが、ロアルド・ダールは〝正常な〟人びとの偽善を暴露することを楽しんでおり、こういう見地はローリングもはっきり共有しているものである。『ハリー・ポッターと賢者の石』の最初の文は、ダールの児童用小説のほとんどいずれにおいてもお馴染みのものであろう。大人によっては、ダールの作品を若い読者にはあまりに残酷で不適切だと感じるものだが、子供たちは『魔女がいっぱい』（一九八三年）における魔女に対する冷淡な見方や、『マチルダはちいさな大天才』（一九八八年）やその他の作品における、険悪な大人たちへの勇気ある風刺を楽しんできたのである。エヴァ・イボットサンはその調子、ウィット、および風刺において、より穏やかなダールを提示しているし、ローリングのユーモアのセンスを楽しむ人びとなら、イボットサンの『どちらの魔女？』（一九七九年）や『一三番プラットホームの秘密』（一九九四年）を繙《ひもと》くべきであろう。

以下に掲げたウェブサイトに加えて、ハリー・ポッターに関する最良の二次資料は、エリザベス・D・シェーファーの『ハリー・ポッター探求』（二〇〇〇年）、リンゼイ・フレイザーの『物語を語る――J・K・ローリングとのインタヴュー』（二〇〇〇年）、およびリンダ・ウォード・ビーチの（それぞれの小説のための）『スコラスティック社文学ガイド』（二〇〇〇年）である。シェーファーの本は「ヤング・アダルト・フィクションを教えるためのビーチャム社資料集」の一冊であって、これは教師にとってもっとも興味深いものであるが、しかし学者、一般読者、学生でも同じく楽しめるであろう。この参考書『ハリー・ポッター探求』は、シリーズに関連のある多くの話題、主要テーマ、神話、歴史、魔法についての概観のみならず、（さらなる読者のための教示をも含めて）各小説の内外両方の結びつきも供してくれている。ビーチのペーパーバック・ガイドは、教師の使用に役立つことが意図されたものなのだが、合衆国の生徒たちを教えるように調整されている。フレイザーは『ハリー・ポッターと賢者の石』の書評を逸早く書いた人だが、マンモス社「物語を語る」シリーズへ貴重な付加を供してもいる。この六〇ページから成るペーパーバックは、主としてローリングとのインタヴューから成っているが、それはまた、シリーズの初めの三巻への概観をも供してくれている。そのほかに重要な伝記資料としては、「J・K・ローリングのこれまでの取り立てて魅力的ではない生涯」(http://www.okukbooks.com/harry/rowling.htm)――OKUKの書籍のウェブサイトに出て<u>い</u>た自伝的エッセイだが、最近アクセスできなくなった――、エヴァン・ソロモンの「J・K・ローリングとのインタヴュー」(http://cbc.ca/programs/sites/hottype_rowlingcomlete.html)――これは

ＣＢＣの*Hot Type*ウェブサイトで今でも見ることができる——がある。「ハリー・ポッター」シリーズとの想像上の相互作用に興味のある読者は、ファン・フィクションを窺く（か何かを書く）ことを欲するかも知れない。そのいくつかはFan Fiction. netの〝書物〟（Books）部門（http://www. famfiction. net）で見つけることができる。

ウェブサイト

オフィシャル・サイト

クリストファー・リトル（ローリングの代理人）が所有する「ハリー・ポッター・ウェブサイト」（http://www. jkrowling. com/）は、ポッター小説の全出版社や、それらへの連絡網、そして、リトル氏とのコンタクト情報を載せている。（ハリー・ポッター小説の英国出版社）ブルームズベリーの保有する「ハリー・ポッター・ブックス」（http://harrypotter. bloomsbury. com/harrypotter/）は、実際には二つのウェブサイトから成っている。「魔女と魔法使い」（Witches and Wizards）へクリックすれば、書物製作の関係者（編集者、広告取扱人、等）、ローリングについての伝記的素描、最新ニュース、頻繁に尋ねられる質問（ＦＡＱ）、さらには、ファン・クラブへの加わり方、ハウラーおよび〝フクロウ便〟

(owlers) の送り方、書物の購入法について報らせてくれる相互作用的ウェブサイトに連がる。〝マグルたち〟(Muggles) にクリックすれば、アダルト・サイトに繋がり、伝記、FAQ、ニュース、賞、好意的な書評、(各小説中に用いられている用語・名前の) 広範な語彙集を提供してくれるし、ユーザーは書籍の注文もできる。スコラスティック社 (ローリングの合衆国出版社) が管理している *Harry Potter* (http://www.scholastic.com/harry-potter/) はもっとも魅力的な〝オフィシャル・サイト〟であって、そこには、談話室、二つのインタビュー、魅力的な小ゲーム、大掛かりな朗読ガイド、テキサス州ヒューストン大学助教授 (講読) カイリーン・ビアズによる「教師用討議ガイド」が含まれている。このサイトはまた、より文学的な品物に限られてはいるが、ポッター関連の商品——書籍、しおり、装飾品——も売っている。二〇〇一年二月現在、ハリー・ポッター映画ウェブサイト (http://harrypotter.warnerbros.com/)、これはワーナー・ブラザーズの計画している映画のためのグラフィックス中心の周到なサイトであるが、そこでは、水引き幕《ティーザー》、ポスター、ニュースおよびイヴェント、新聞雑誌への発表、写真、「魔法使いの店」が提供されている。「コミック・リリーフ——ハリー本」(http://www.comicrelief.com/harrysbooks/) は、ニュート・スキャマンダーの『幻の動物とその生息地』と、ケニルワージー・ウィスプの『クイディッチ今昔』——いずれもペンネームで出された教科書——についての情報を提供している。「オフィシャル・メアリー・グランプレ・ファン・クラブ」（http://www.marygrandpre.org/）は、スコラスティック社版本のイラストレーターの伝記スケッチや、彼女の講演スケジュール、FAQ、販売用美術品の情報を提供している。「ジム・デール・ホームページ」（http://www.jimdale.com/）は、合衆国版オーディオ・ブックスの朗読を行ったジム・デールへの、あまり専門的ではないが、ひどく面白い訪問をさせてくれる。彼は読者からの質問に答えたり、裏話を少々洩らしたり、彼が編み出した裏声の現実の源をばらしたりしているのである。

ファン・サイト

ローナー・ブラザースはこういうハリー・ポッターページの或るものがスタジオの知的版権所有を侵しているとクレームをつけているが、ファンたちはハリーのための何百ものサイトを創りだしてきている。クリスチー・チャンの「ハリー・ポッター・ネットワーク」（http://www.hpnetwork.f2s.com/）の最大の呼び物は、作中人物たちの名前の起源を説明した、〝判読書〟と〝来歴〟である。野心的なサイトであって、いくつかのセクションは〝工事中〟ながら、上記の項目に加えて、雑多な事実、談話の写し、きれいなデザイン、どれを取っても推奨に値いする。クレア・フィールドの「生きながらえた少年」（http://

www. harrypotterguide. co. uk/）はどの部分も総じて均等な参考書（若干のページは、シリーズに出てくる用語、名前、場所を説明している）であり、メタ参考書（世界中のカヴァーの蒐集に見られるように）であり、相互作用的なサイト（調査、討論、投票を参照）であり、またニュース（ありがたいことに、〝ブック・ニュース〟、〝噂話〟、〝一般ニュース〟、〝映画ニュース〟に分かれている）でもある。ワーナー・ブラザーズは、ミズ・フィールドに対し、彼女が登録したドメイン・ネームを同社に名義書き換えするよう要求した。通信をやり取りした結果、本件は今日では両方とも満足のゆく解決を見ている。ジェンナ・ロバートソンの「非公式のハリー・ポッター・ファン・クラブ」（http://www. geocities. con/harrypotterfans/）はこれまではワーナー・ブラザーズの法的精査を回避してきたが、ローリングに関しての最良のファン・サイトであるかも知れない。そのユーザーに親しみやすいデザイン、カヴァー・ギャラリー、ニュース、推薦図書、そして「ウェブ上でハリー・ポッターを見つけるためのヘッドウィヴのガイド」――広範な、注釈付きの接続リスト――は、このロバートソンのウェブサイトを素晴らしい源泉たらしめている。もちろん、ここに収録されていない多くのサイトを訪ねたい読者諸君は、ロバートソンのこの接続網を調べるのがよかろう。

ニュース・メディア

新聞社によっては、ローリングに関する記事の公的記録を供してくれるものがある。たとえば、「ニューヨーク・タイムズ」社が管理している「呼び物となった作家J・K・ローリング」(http://www. nytimes. com/books/ 00/ 07/ 23/) のように。ユーザーがこのサイトを利用するには登録しなければならないが、登録料は無料である。登録料を要しないサイトとしては、ほかにも、「USAトゥデーのポッター・マニア」(http: //www. usatoday. com/life/enter/books/potter/index. htm) や、目下中断しているロンドンの「タイムズ・オンライン・スペシャル――ハリー・ポッター」(幸いにも、「タイムズ」社のサイトを探すと、まだローリングに関する記事が得られる) がある。風刺を求めている人びとのためには、「スレート」社が「新聞雑誌のトップ漫画家全員によるハリー・ポッター」(http:// cagle. slate. msn. com/news/harrypotter/main. asp) を供してくれている。ウェブは常に変動しているので、私としては、「ウェブ上のJ・K・ローリング」(http://www. ksu. edu/english/nelp/rowling/) を開設している。接続網の更新をずっとはかってゆきたい所存からである。

討論用の質問

1　ジョナサン・レヴィは、『ハリー・ポッターと炎のゴブレット』が『ちびくろサンボ』以来、奴隷制を是認した最初の児童書」だと言った。「ハリー・ポッター」シリーズははたして家敷下僕《しもべ》妖精たちの奴隷状態を是認しているのか？　ロン、ジョージ、ウィーズリー氏、ドビー、ウィンキー、ハーマイオニー、シリウス・ブラック、それにハリーの取った妖精の権利に関する立場を考察しなさい。私たちはこのうちの誰に同意するであろうか？

2　「ハリー・ポッター」シリーズが家敷下僕《しもべ》妖精たちの従属を是認しているとしたら、奴隷状態を是認しているのか？　それとも、私たちはローリングが社会改革の限界を認識しているのだと見るべきなのだろうか？　家敷下僕《しもべ》妖精たちは幸せだというジョージ・ウィーズリーの言明（*Goblet of Fire* 211）に対して、私たちは憤慨を覚えるだろうか、それとも共感するだろうか？　これに関連して、ハーマイオニーは家敷下僕《しもべ》妖精たちは自分たちの職業を受け入れられるよう洗脳されてしまっていると言っている。私たちは彼女に同意すべきだろうか？　家敷下僕《しもべ》妖精たちが洗脳される手段のことに私たちは気づいているだろうか？

3　上記二つの質問の結果として、「ハリー・ポッター」シリーズにおける人種差別政策を考察しなさい。アンジェリーナ・ジョンソンは黒人、リー・ジョーダンはドレッドヘアーだし、チョウ・チャンはアジア系の出身らしいし、また、パーヴァティ＆パドマ・パチルはインド人の響きのする名前を持っている。これらの人物の文化背景の省略から何か推論されるべきなのだろうか？　それとも、文化的差異への態度が魔法的隠喩を通して、象徴的に表現されているのか？　つまり、ヴォルデモートとその家来たちは〝穢れた血〟よりも〝純血〟を好んでいるし、ある魔法使いたちは巨人たちに対して差別しているし、他の者たちはマグルが劣っていると信じている、等々。もしこれらが文化的偏見の魔法的表現だとしたら、こういう隠喩を通してそうした緊張を表わすために、あなたはいったいどんな決心をしますか？　それはあまりにも逃避的だろうか、それともより効果的だろうか？

4　このシリーズは階級制度を批判しているのか、それとも是認しているのか？　ピコ・アイアーも示唆しているように、「魔法使いたちは、正当な学校へ通学してきた唯一の正規なマグルたち」なのか？　ホグワーツ校は魔法使いになるのに十分な特権を与えられた人たちだけが利用できるのだから、それはエリート主義の学校なのか？　それとも、マルフォイの俗物根性的な態度が共感的に表現されてはいないのだから、このシリーズは実際には反エリート主義なのか？

5　スネイプに興味を覚えた読者に対して、ローリングは助言して、「彼には目を光らせなさい」（Barnes and Noble Chat）と言っている。だとすると、スネイプは誰のために実際には働いているのか？　彼はダンブルドアの側に就いているのか？　ヴォルデモートの側に就いているのか？　彼はただ自分自身にだけ留意しているのか？　別の表現をすると、スネイプの行動の動機は生徒の恨みによるのか、それともヴォルデモートとの連盟によるのか？　彼の役割は三つの究極的な小説ではどういうことになるのだろうか？

6　虫の尾《ウォームテール》（別称ピーター・ペティグリュー）の性格を考察しなさい。彼は何に誘発されるのか？　ハリーがペティグリューの生命を救ったことで狼狽《ろうばい》していると、ダンブルドアは「ペティグリューは君に命を救われ、恩を受けた。君はヴォルデモートのもとに、君に借りのある者を腹心として送り込んだのじゃ。魔法使いが魔法使いの命を救うとき、二人の間に或る種の絆《きずな》が生まれる……ヴォルデモートが果たして、ハリー・ポッターに借りのある者を、自分の召使いとして望むかどうか疑わしい」と言う。ハリーが、僕はペティグリューとの絆なんてほしくない、と言うと、ダンブルドアは答えている、「いつか必ず、ペティグリューの命を助けてほんとうによかったと思う日がくるじゃろう」（『アズカバンの囚人』、静山社版、五五七―五五八ページ）と。ヴォルデモートに対して、あなたの復権はハリー・ポッターなしでも成就できるでしょうと告げているペティグリュー（*Goblet of Fire* 13-14）は、ハリーを助けたいという欲求に動かされているように見えるか、それともペティグリューの臆病さに動かされているように見えるか？　彼の役割はシリーズの残りの小説ではどうなるのであろうか？　ペティグリューはずっとヴォルデモートの忠実な僕《しもべ》であり続けるのだろうか？　彼はハリーを助けるのだろうか？　これらの質問はさらに、『アズカバンの囚人』第一九章のシリウス・ブラックの示唆――他の死食人（デス・イーター）たちがペティグリューに背くかも知れないという――によって、複雑化しはしまいか？

7　『炎のゴブレット』において、ロンは「パーシーは規則が好きなんだ」と言い、そして、たとえ彼の弟が出世する動機になるとしても、家族の一員をアズカバンに送るかどうかといぶかっている（463）。このシリーズにおける官僚主義の役割について熟考しなさい。パーシーは官僚主義の側に立つ傾向があるが、その結果、彼はコーネリウス・ファッジやクラウチ氏が犯したのと同種の過ち――結局のところ（意図しないにせよ）ヴォルデモート卿を助けることになるという過ち――に陥るのではないのか？　私たちはパーシーが知らず知らずながら、法の精神の代わりに、法の文字に従って、ヴォルデモートを助けるものと予想できるだろうか？　彼はクラウチ、またはその家族の味方になるのだろうか？

8　個人と法との関係――ホグワーツ校の規則、国民魔法規則、国際魔法規則――について考えなさい、それからまた、これら規則を外れて行動する人たちについても考えなさい。特に、シリウス・ブラック、バーティ・クラウチ、ルド・バグマン、アーサー・ウィーズリー、ウィーズリー家の双子、ハリー、ロン、ハーマイオニー（彼らはみな規則を曲げたり法を破ったりしている）といった人物たちに焦点を合わせなさい。彼らはどういう規則、どういう法を破るのか？　ローリングは彼らの行動を正当化されると見なしているのか？　なぜなのか、またどうしていけないのか？　彼女は法または規則が正しいか不当かをどうやって評価するのか？　法または規則に異議が申し立てられるのはいつなのか？

9　中心人物がなぜ男なのかと尋ねられたとき、ローリングは答えて、ハリーを主人公に想定していたものだから、彼を容易にはハリエット・ポッターに変更することができなかったのです、と言っている。彼女はまた、「ハーマイオニーはとても善良な友〔……〕なので、私はごまかす少女たちを持ち込んだという気がしないのです！」（"J. K. Rowling chat transcript"）とも語っている。けれども、ドンナ・ハリントン＝リューカーはこのシリーズが「巧みな女性差別」だと非難して、「『炎のゴブレット』の中の少女たちないし婦人たちは誰ひとりとして、金切り声、軽薄さ、もしくは恐怖を免れてはいない」と主張している。ハーマイオニーは「専横で、かん高くて、いらいらさせる、おせっかい焼きだ」

し、「定刻前に課業を成し遂げ、規則を破ったことで友だちをしかり、クラスではいつも手をあげる、ステレオタイプな優等生」である。クリスチーヌ・シェファーは、「少女たちは、完全に愚かではないか、好かれていないのでないときには、助っ人、補助者、媒介者なのである」と書いている。先生たちのうちで、ミネルヴァ・マクゴナガルは「厳格」で、過度に規則「に縛られて」おり、危機においてはひどく感情的である。シビル・トレローニーは「あいまいで、空想的で、さわやかな大ぼら吹き」である。あなたはこういう分析に同意しますか？「ハリー・ポッター」シリーズはステレオタイプな性的役割を是認しているのか？　なぜか、またはなぜそうではないのか？　ハリーの代わりにハーマイオニーが中心人物だったとしたら、このシリーズはどうなっているだろうか？

10　ローリングはなぜヴォルデモートとハリーとの間に結びつきを設定したのか？　これらの人物を密着させることにより、彼女は対立者どうしの間に何らかの血族関係を暗示しているのか？　善と悪とは密接に結ばれるものだろうか？　シリーズの中の他の人物たちで、一見敵対者のようでありながら、実際には、私たちが当初疑ったよりもよく似ている、といった例をあなたは思いつくことができますか？

11　ブルームズベリー社の社長ナイジェル・ニュートンは、「ハリー・ポッター」シリーズは「一〇〇年間、子供たちのために買われ続けるだろう」と予言した（Prynn）。彼はたんに会社の儲けを宣伝しているだけなのか？　「ハリー・ポッター」シリーズは古典となるのだろうか？　このシリーズが他の古典とどういう共通点を含んでいるのか？　答える際に、〝古典〟なる語の定義をどうするか、決めなさい。それは「児童にとっての古典文学」を指すのか、「古典的ファンタジー」を指すのか、「古典的英文学」を指すのか？　ほかの何かを指すのか？　この用語を規定する際、いくつかの比較のポイントを選びなさい。このシリーズが古典だと思うのなら、私たちはこれらの小説をルイス・キャロルの作品と比較すべきなのか？　C・S・ルイスのそれと？　チャールズ・ディケンズのそれと？　そうでないとしたら、あなたの比較のポイントはどうなるのだろうか？　イーニッド・ブライトンと？　ほかのどんな作品に対して、私たちは「ハリー・ポッター」シリーズを測定すべきなのか？　古典の規準とは何か？

12　キーを探すこと。（シリーズ第一巻の第一章に言及されている）シリウス・ブラックのモーターバイクで例証されているように、ローリングはその小説の中にしばしばヒントを残すことによって、その先のプロット展開のことを考えている。彼女がすでに展開させているこれらヒントを突き止めなさい、そして、将来の小説の中で訴えかけられるであろうようなヒントを見分けられるかどうか考えてみてください。

訳者あとがき

世の〝ハリポタ〟熱はますます加熱の一方であり、昨年師走の映画（ワーナー・ブラザース）の封切り（空前の成功を収めつつある）がこれに加勢し、あっというまに〝サイドブック〟なるものも一〇点を超えるまでになってしまった（そのいくつかはさらに韓国語に訳されている！）。とにかく、すべてが桁違いの記録塗り換え中なのだから、ポッタリアンが増えるのも当然のことかも知れない。たしかに、ローリングの仕事は興味深いものであるし、多くのファンを生じさせている理由も理解できるのだが、反面、軽薄な浮わついた現象に押し流れつつあるのも事実である。深刻な顔をして、〝ハリポタ〟の害を説く道徳家も英国や合衆国には大勢いるらしい。

こういう時代趨勢の中で、沈着な判断を下すことは相当困難なことだが、本書の著者はまさにそれをやり遂げた稀有な一人と言ってよかろう。可能な限りの資料を隈《くま》なく精査し（この面だけでも本書の価値は大である）、なおかつ賛・否いずれの側にも肩入れすることなく常に客観的な評価を心がけているばかりか、あくまで〝ハリポタ〟を児童文学への好個の入門書と捉え、これを読んだ後での懇切な「読書案内」まで付け加えているのである。さすがに児童文学研究書で定評のあるコンティヌーム社の出版物だけのことはある。時間的には、原稿のままで版権取得したエクルズヘア女史のものを先に訳出したのであるが、内容的にはフィリップ・ネル（一九六九年生まれ。カンザス州立大で英語を教えている）の本書が網羅的・概観的であるし、訳出中にもほとんど重複を感じなかった。何より、バランス感覚の取れた〝ハリポタ案内書〟としてわが国の書店を賑わしている類書の中に一石を投じるものと信じて疑わない。〝ハリポタ〟を「魔法ガイド」一色に塗りつぶしている現状から、少しでもましな方向に日本の読書界を転換することが急務と確信するからである。もっとも、本書とて、「ハリー・ポッター」シリーズの四巻目までの現状を踏まえた著述であり、三年後、全七巻が完成した暁には、全面的な見直しを迫られることになるかも分からない。とまれ、書物の歴史さえ書き換えつつあると言われるローリング作品だけに、広く読書子に本書が注目されて、さらなる討論の深まりに貢献できれば、訳者としても、フィリップ・ネルとともに本望である。

而立書房社主の宮永捷氏には、読みやすいよう拙稿を入念にチェックして頂き、深謝したい。本シリーズには書房としても今後なお数点を企画しているため、読者諸賢の忌憚のないご意見を拝聴できれば誠に幸いである。

二〇〇二年一月七日　藤沢台にて

谷口　伊兵衛

（付記）

1　「引用文献」には、これまでわが国で出た主要なものをも加えた（翻訳および雑誌を含む）。

2　『ハリー・ポッター』からの引用は、初めの三巻までは既刊の邦訳（静山社版）を使用させて頂いた。

引用文献

ローリングの作品

Rowling, J. K., *Harry potter and the Chamber of Secrets*, London: Bloomsbury, 1998.（松岡佑子訳『ハリー・ポッターと秘密の部屋』、静山社、二〇〇〇年）

——, *Harry Potter and the Goblet of Fire*, London: Bloomsbury, 2000.

——, *Harry Potter and the Philosopher's Stone*, London: Blonmsbury, 1997.（松岡佑子訳『ハリー・ポッターと賢者の石』、静山社、一九九九年）

——, *Harry Potter and the Prisoner of Azkaban*, London: Bloomsbury, 1999.（松岡佑子訳『ハリー・ポッターとアズカバンの囚人』、静山社、二〇〇一年）

Scamander, Newt［J. K. Rowling］, *Fantastic Beasts and Where to Find Them*, London: Bloomsbury and Obscurus Books, 2001.（松岡佑子訳『幻の動物とその生息地』、静山社、二〇〇一年）

Whisp, Kennilworthy［J. K. Rowling］, *Quidditch Through the Ages*, London: Bloomsbury and WhizzHard Books, 2001.（松岡佑子訳『クィディッチ今昔』、静山社、二〇〇一年）

ローリングのエッセイ

Rowling, J. K. Foreword, *Families Just Like Us: The One Parent Families Good Book Guide*, London: Young Book Trust and National Council for One Parent Families, 2000.

——, "Let me tell you a story," *Sunday Times*（London）21 May 2000.

——, "JK Rowling's diary," *Sunday Times* (London) 26 July 1998.

——, "The not especially fascinating life so far of J. K. Rowling," 1998 (http://www. okukbooks. com/harry/rowling. htm).

プロフィールおよびインタヴュー

Adler, Margot, Profile of J. K. Rowling, *All Things Considered,* National Public Radio, 3 Dec. 1998.

Barnes and Noble Chat with J. K. Rowing, 20 Oct. 2000 (http://www. hpnetwork.. f 2 s. com/jkrowling/jkr-bnchat. html).

Carey, Joanna, "Who hasn't met Harry?", *The Guardian* 16 Feb. 1999 (http://www. guardianunlimited. co. uk/Archive/Article/0, 4273, 3822242, 00. html [16 Aug. 1999]).

Cochrane, Lynne, "Harry's Home," *Sunday Times* (London) 2 July 2000.

Fraser, Lindsey, *Telling Tales: An Interview with J. K. Rowling,* London: Mammoth, 2000. (松岡佑子訳『ハリー・ポッター裏話』静山社、二〇〇一年)

Gray, Paul, "Wild about Harry,"*Time* 20 Sept. 1999.

Hattenstone, Simon, "Harry, Jessie, and Me," *The Guardian Weekend* 8 July 2000: 32+.

Jerome, Helen M., "Welcome back, Potter," *Book* May-June 2000: 40 – 45.

"JK Rowling chat: 4 May 2000" (http://www. geocites. com/harrypotterfans/jkraolchat. html).

"J. K. Rowling chat transcript," c. Oct. 2000 (http://www. hpnetwork. f 2 s. com/jkraolchat. html [7 Nov. 2000]).

"J. K. Rowling reads for the magic," *O Magazine* Jan. 2001: 150 – 51.

"J. K. Rowling's bookshelf," *O Magazine* Jan. 2001: 155.

Johnstone, Anne, "Happy ending, and that's for beginners," *The Herald* (Glasgow) 24 June 1997: 15+.

——, "A kind of magic,"*The Herald Saturday Magazine* 8 July 2000: 8 – 12.

"Magic, mystery, and mayhem: an interview with J. K. Rowling" (http://www. amazon. com/exec/obidos/ts/feature/ 6230/ [16 Dec. 1999]).

Mehren, Elizabeth, "Upward and onward toward book seven——her way." *Los Angeles Times* 25 Oct. 2000: El+.

National Press Club, Reading and question-and-answer session, 20 Oct. 1999, *Book-TV* C–SPAN 26 Nov. 1999.

Phillips, Mark, "Pure magic," *CBS Sunday Morning* 26 Sept. 1999.

Rosie O'Donnell Show, ABC, 21 June 1999.

Solomon, Evan, "J. K. Rowling interview," *Hot Type,* CBC July 2000 ([http://cbc. ca/programs/sites/hot-type_rowlingcomplete. html]).

Stahl, Lesley, Profile of J. K. Rowling, *60 Minutes,* CBS 12 Sept. 1999.

"Transcript of J. K. Rowling's live interview on Scholastic. com." 3 Feb. 2000 (http://www. scholastic. com/harrypotter/author/transcriptl. htm).

Treneman, Ann, "Harry and me," *The Times* (London) 30 June 2000.

"Transcript of J. K. Rowling's live interview on Scholastic. com.", 16 Oct. 2000 (http://www. scholastic.

com/harrypotter/author/transcript2. htm).

Weeks, Linton, "Charmed, I'm sure; the enchanting success story of Harry Potter's creator, J. K. Rowling," *Washington Post* 20 Oct. 1999: Cl.

Weir, Margaret, "Of magic and single motherhood," *Salon* 31 March 1999 (http://www. salon. com/mwt/feature/ 1999/ 03/cov_31 featureb. html).

ローリングや『ポッター』に言及している新聞・雑誌

"The American way of giving," *The Economist* 25 Jan. 2001.

Barnes, Julian E., "Dragons and flying brooms: Mattel shows off its line of Harry Potter toys," *New York Times,* 1 March 2000: Cl. (http://www. nytimes. com/ 2001/ 03/ 01/business/ 01 ADCO. html? pagewanted=all& 0301 ins ide).

Bethune, Brian, "The Rowling connection: how a young Toronto girl's story touched an author's heart," *Maclean's* 6 Nov. 2000: 92.

Bloomsbury Publishing Plc: Annual Report and Accounts 1998.

Bloomsbury Publishing Plc: Annual Report and Accounts 1999.

Cowell, Alan, "Investors and children alike give rave reviews to Harry Potter books," *New York Times* 18 Oct. 1999 (http://www. nytimes. com/library/books/ 101899 harry-potter. html).

Demetriou, Danielle, "Harry Potter and the source of inspiration," *Daily Telegraph* (London) 1 July 2000: 3.

Egan, Kelly, "Potter author thrills 15, 000: J. K. Rowling leads 'revolution'," *The Ottowa Citizen* 25 Oct. 2000: A3.

Gibbons, Fiachra, "Harry Potter banned from paper's bestseller list," *Guardian Home Pages* 17 July 1999: 6.

Glaister, Dan, "Debut author and single mother sells children's book for £ 100, 000." *The Guardian* 8 July 1997: 4.

Holt, Karen Jenkins, "Spreading the Potter Magic," *Brill's Content* April 2001: 98.

Johnson, Sarah, "Just wild about Harry," *The Times* (London) 23 Apr. 1999.

Judge, Elizabeth, "Rowling rejects Tory's family 'norm'," *The Times* (London) 6 Dec. 2000.

Levine, Arthur A., with Doreen Carvajal, "Why I paid so much," *New York Times* 13 Oct. 1999: C 14.

Loer, Stephanie, " 'Harry Potter' is taking publishing world by storm," *Boston Globe* 3 Jan. 1999: M 10.

Macdonald, Hugh, "Potter's deal...or the importance of being Harry," *The Herald Saturday Magazine* 8 July 2000: 8 – 12.

Mutter, John, and Jim Milliot, "Harry Potter and the weekend of fiery sales," *Publishers Weekly* 17 July 2000: 76.

"Now it's Doctor Rowling," *Post and Courier* (Charleston, South Carolina), 15 July 2000: 2 –A.

Prynn, Jonathan, "Potter to join Pooh and classics," *The Evening Standard* 6 Oct. 1999: 23.

"A Rowling Timeline," *Book* May-June 2000: 40 – 45.

Rustin, Susanna, "They're all just wild about Harry," *Financial Times* (London) 22 Apr. 2000: 9.

Savill, Richard, "Harry Potter and the mystery of J K's lost initial," *The Daily Telegraph* (London) 19 July 2000: 3.

Sayid, Ruki, "The Million-Hers; 50 Top Earning Women in the British Isles," *The Mirror* 18 Oct. 1999: 11.

"Scholastic joins J. K. Rowling to publish two Harry Potter—inspired books for charity,"Press Release. 20 Nov. 2000 (http://www. scholastic. com/aboutscholastic/news/press 00/press_ 11. 20. 00. htm).

"Turning a page at the Book Review," *INSIDE The New York Times* Fall 2000: 1–3.

Trueland, Jennifer, "Author's ex-husband gets in on the Harry Potter act," *The Scotsman* 15 Nov. 1999: 3.

"U. K.'s number one best-seller,'Harry Potter and the Sorcerer's Stone,'tops best-seller charts in U. S." *Business Wire* 7 Dec. 1998.

Walker, Andrew, "Edinburgh author is elated as America goes potty over Potter," *The Scotsman* 29 Oct. 1998: 7.

書評および論評

Acocella, Joan, "Under the spell," *New Yorker* 31 July 2000: 74 – 78.

Blacker, Terence, "Why does everyone like Harry Potter?" *The Independent* (London) 13 July 1999: 4.

Bloom, Harold, "Can 35 million book buyers be wrong? Yes," *Wall Street Journal* 11 July 2000: A26.

Blume, Judy, "Is Harry Potter evil?" *New York Times* 22 Oct. 1999: A 27. Repr. in *National Coalition Against Censorship* 76(Winter 1999 – 2000) (http://www. ncac. org/cen_news/cn 76 harrypotter. html).

Bradman, Tony, "Mayhem wherever he flits," *Daily Telegraph* (London) 10 Oct. 1998.

Briggs, Julia, "Fighting the forces of evil," *Times Literary Supplement* 22 Dec. 2000.

Bruce, Ian S., "Wizard read lives up to hype," *Sunday Herald* 9 July 2000: 3.

Cohen, Whitaker E., "Hands off Harry!" Letter to the editor, *New Yorker* 18 & 25 Oct. 1999: 16.

Craig, Amanda, "Harry Potter and the Prisoner of Azkaban," *New Statesman* 12 July 1999: 74.

Crittenden, Daniele, "Boy meets book," *Wall Street Journal* 26 Nov. 1999: W 13.

Dirda, Michael, "Harry Potter and the Chamber of Secrets," *Washington Post* 4 July 1999.

Donahue, Deirdre, "'Goblet of Fire' burns out." *USA Today* 10 July 2000: 1 D.

Dubail, Jean, "Finding children's magic in world of Harry Potter, "*The Plain Dealer* (Cleveland) 13 June 1999: 10 –I.

Dunbar, Robert, "Simply wizard," *The Irish Times* 17 July 1999.

Fraser, Lindsey, "Volumes of choice for the holidays," *The Scotsman* 28 June 1997: 15.

Galloway, Jim, "Harry Potter: school lets hero off hook," *Atlanta Journal and Constitution* 13 Oct. 1999: 1 B.

Gilson, Nancy, "Sorcerer's Stone looks like a real page-turner, *Columbus Dispatch* 17 Sept. 1998: Weekender, p. 20.

Gleick, Peter H., "Harry Potter, minus a certain flavour," *New York Times* 10 July 2000: A 25.

Hainer, Cathy, "Second time's still a charm," *USA Today* 27 May 1999: 1 D.

——, "Third time's another charmer for 'Harry Potter'," *USA Today* 8 Sept. 1999: 1 D.

Hall, Dinah, "Children's books: junior fiction," *Sunday Telegraph* 27 July 1997: 14.

——,"Children's books for summer: fiction," *Sunday Telegraph* 19 July 1998: Books, p. 12.

Harrington-Lueker, Donna, "'Harry Potter' lacks for true heroines," *USA Today* 11 July 2000: 17 A.

Hensher, Philip, "Harry Potter, give me a break," *The Independent* (London) 25 January 2000: 1.

Hopkinson, Victoria, "Walks on the wild side and on the mild side," *Financial Times* (London) 4 Oct. 1997: 6.

Iyer, Pico, "The playing fields of Hogwarts," *New York Times Book Review* 10 Oct. 1999: 39.

Johnson, Sarah, "First review: new Harry Potter 'a cracker'." *The Times* (London) 8 July 2000: 1–2.

——, "Go for good writing," *The Times* (London) 23 Aug. 1997.

Johnstone, Anne, "Fun is brought to book," *The Herald* (Glasgow) 4 July 1998: 14.

Johnson, Daniel, "The monster of children's books JK Rowling shows originality and imagination: why then has she inspired such vitriol? *Daily Telegraph* 29 Jan. 2000: 24.

Judah, Hettie, "Harry is pure magic," *The Herald* (Glasgow) 15 July 1999: 20.

King, Stephen, "Wild about Harry," *New York Times Book Review* 23 July 2000: 13 – 14.

Kipen, David, "J. K. Rowling's fantasy series hits an awkward teenage phase with 'Goblet'," *San Francisco Chronicle* 10 July 2000.

Levi, Jonathan, "Pottermania," *Los Angeles Times* 16 July 2000: Book Review, p. 1.

Lively, Penelope, "Harry's in robust from, although I'm left bug-eyed," *The Independent* (London), 13 July 2000: 5.

Lookerbie, Catherine, "Just wild about Harry," *The Scotsman* 9 July 1998: 12.

——, "Magical mystey tour de force," *The Scotsman* 10 July 1999: 11.
Macguire, Gregory, "Lord of the golden snitch," *New York Times Book Review* 5 Sept. 1992: 12.
Macmonagle, Niall, "The season of the wizard," *The Irish Times* 15 July 2000: 69.
Maslin, Janet, "At last, the wizard gets back to school," *New York Times* 10 July 2000: E1.
McCrum, Robert, "Plot, plot, plot that's worth the weight," *The Observer* 9 July 2000.
Parravano, Martha P., "J. K. Rowling, *Harry Potter and the Chamber of Secrets,*" *Horn Book* July-August 1999: 74.
Phelan, Laurence, "Books: Christmas dystopia; parents, ghosts, the future, bullying and lemonade," *The Independent* (London) 6 Dec. 1998: 12.
Power, Carla, with Shehnaz Suterwalla, "A literary sorceress," *Newsweek* 7 Dec. 1998: 7.
Radosh, Daniel, "Why American kids don't consider Harry Potter an insufferable prig," *New Yorker* 20 Sept. 1999: 54, 56.
Rosenberg, Liz, "A foundling boy and his corps of wizards," *Boston Globe* 1 Nov. 1998: L2.
——, Harry Potter's back again," *Boston Globe* 18 July 1999: K3.
——, "Making much of memories," *Boston Globe* 19 Sept. 1999: H2.
Safire, William, "Besotted with Potter," *New York Times* 27 Jan. 2000: A 27.
Sawyer, Kem Knapp, "Orphan Harry and his Hogwarts mates work their magic stateside," *St. Louis Post-Dispatch* 13 June 1999: F 12.
Schoefer, Christine, "Harry Potter's girl trouble," *Slate* 13 Jan. 2000 (http://www. salon. com/books/fea-

ture/ 2000/ 01/ 13/potter/index. html?　CP=SAL&DN=650).

Sutton, Roger, "Potter's Field," *Horn Book* Sept.-Oct. 1999: 500－501.

Taylor, Alan, "We all know about the hype but is J K Rowling really up with the greats?" *Scotland on Sunday* 11 July 1999: 15.

Will, George F., "Harry Potter: a wizard's return," *Washington Post* 4 July 2000: A 19

Wynne-Jones, Tim., "Harry Potter and the blaze of publicity: on the whole, the junior wizard deserves it all," *The Ottawa Citizen* 16 July 2000: C 16.

Winerip, Michael, "Children's books," *New York Times Book Review* 14 Feb. 1999 (http://www. nytimes. com/books/ 99/ 02/ 14/reviews/ 990214. 14 childrt. html).

Zipp, Yvonne, 'Harry Potter swoops into great adventures," *Christian Science Monitor* 14 Jan. 1999: 19.

——, "Swooping to stardom," *Christian Science Monitor* 17 June 1999: 19.

文学批評およびエッセイ風書評

Gish, Kimbra Wilder, "Hunting down Harry potter: an exploration of religious concerns about children's literature," *Horn Book* May-June 2000: 263－271.

Grynbaum, Cail A., "The secrets of Harry Potter," *San Francisco Jung Institute Library Journal* 19. 4 (2001): 17－48.

Kattor, Jodi, and Judith Shulevitz, "The new Harry: Riotous, rushed, and remarkable," *Slate* 10－13 July 2000 (http://slate. msn. com/code/BookClub/BookClub. asp?Show= 7 / 10/ 00 &idMessage= 5648 &

idBio=183).

Lurie, Alison, "Not for Muggles," *New York Review of Books* 16 Dec. 1999 (http://www. nybooks. com/ nyrev/WWWfeatdisplay. cgi? 19991216006).

Scott, A. O. and Polly Shulman, "Is Harry Potter the new *Star Wars?" Slate* 23–26 Aug. 1999 (http:// www. slate. com/code/BookClub/BookClub. asp? Show= 8 / 23/ 99 &idMessage= 3472 &idBio= 111).

Tucker, Nicholas, "The rise and rise of Harry Potter," *Children's Literature in Education* 30.4 (Dec. 1999): 221–234.

Zipes, Jack, "The virtue (and vice) of stolid sameness: Harry sells millions, not because he's new, but because he's as old as King Arthur," *The Ottawa Citizen* 4 Feb. 2001: C 15. Repr. from Zipes' *Sticks and Stones: The Troublesome Success of Children's Literature from Slovenly Peter to Harry Potter.*

教師用ガイド

Beech, Linda Ward, *Scholastic Literature Guide: Harry Potter and the Chamber of Secrets by J. K. Rowling,* New York: Scholastic, 2000.

——, *Scholastic Literature Guide: Harry Potter and the Goblet of Fire by J. K. Rowling,* New York: Scholastic, 2000.

——, *Scholastic Literature Guide: Harry Potter and the Prisoner of Azkaban by J. K. Rowling,* New York: Scholastic, 2000.

——, *Scholastic Literature Guide: Harry Potter and the Sorcerer's Stone by J. K. Rowling,* New York: Scholastic, 2000.

Schafer, Elizabeth D., *Beacham's Sourcebooks for Teaching Young Adult Fiction: Exploring Harry Potter*, Osprey, FL: Beacham Publishing Corp., 2000.

他の関連でローリングに言及しているもの

Aaronovitch, David, "Harry Potter and the menace of global capitalism," *The Independent* 28 Sept. 2000 (http://www. independent. co. uk/enjoyment/Books/Reviews/200009/thursbook280900. shtml).

Collins, Cail, "An ode to July," *New York Times* 11 July 2000: A 31.

——, "Rudy's Identity Crisis," *New York Times* 14 April 2000.

Dowd, Maureen, "Dare speak his name," *New York Times* 22 Oct. 2000: 15.

Friedman, Thomas L., "Lebanon and the Goblet of Fire," *New York Times* 11 July 2000: 31.

Rose, Matthew, and Emily Nelson, "Potter cognoscenti all know a Muggle when they see one," *Wall Street Journal* 18 Oct. 2000: A1, A 10.

"What if Quidditch, the enchanted sport of wizards and witches featured in the Harry potter books, were regulated by the NCAA?" *Sports Illustrated* 21 Aug. 2000: 33.

Williams, Geoff, "Harry Potter and...the trials of growing a business...the rewards of independence and ownership," *Entrepreneur* Feb. 2001: 62–65.

漫画およびユーモア

Anderson, Nick, "Reality T. V.," *Louisville Courier-Journal* 9 July 2000 (Repr. http://cagle. slate. msn.com/news/harrypotter/harry4. asp).

Browne, Bob, "Hi and Lois," 19 March 2001.

Conley, Darby, "Get Fuzzy," 22 June 2001.

"*Harry Potter* books spark rise in satanism among children," *The Onion* July 2000 (http://www. theonion.com/onion3625/harry_potter. html).

Johnston, Lynn, "For Better or For Worse," 1 Aug. 2000.

——, "For Better or For Worse," 21 Jan. 2001.

Keane, Bil, "Family Circus," 9 Apr. 2000.

Keane, Jeff and Bil, "Family Circus," 29 Oct. 2000.

——, "Family Circus," 31 Oct. 2000.

——, "Family Circus," 31 Dec. 2000.

Ohman, Jack, "Gore-Potter 2000. "Repr.*Washington Post National Weekly Edition* 24 July 2000: 27.

Ramirez, Michael, "Survivors," *Los Angeles Times* 14 July 2000 (Repr. http://cagle. slate. msn. com/news/harrypotter/main. asp).

Ramsey, Marshall, "Old technology-1. New technology-0." *Clarion Ledger* (Jackson, Mississippi) 8 July 2000 (Repr. http://cagle. slate. msn. com/news/harrypotter/harry 3. asp).

Schulz, Charles, "Peanuts," 8 Nov. 1999.

Wasserman, Dan, "I can already see how it ends—the dark forces win," *Washington Post National Weekly*

Edition 24 July 2000: 28.

Willis, Scott, "COULD YOU TURN THAT DOWN? I'M TRYING TO READ!" *San Jose Mercury News* 12 July 2000 (Repr. http://cagle. slate. msn. com/news/harrypotter/harry9. asp).

Young, Dean, and Denis Lebrun, "Blondie," 4 Dec. 2000.

その他の引用書（＊印は訳者の補足）

Adams, Richard, *Watership Down,* 1972. New York: Avon Books, 1975.（神宮輝夫「ウォーターシップ・ダウンのうさぎたち』、評論社、一九九四年）

Anstey, F., *Vice Versa, or, A Lesson to Fathers,* 1882. London: Smith, Elder, & Co., 1911.

Austen, Jane, *Emma,* 1815. Oxford and New York: Oxford UP, 1992.（阿部知二訳『エマ』、中央公論社、一九六五年）

——, *Mansfieid Park,* 1814. New York: Penguin, 1966.（大島一彦訳『マンスフィールド・パーク』、キネマ旬報社、一九九八年）

——, *Northanger Abbey,* 1818. New York: Penguin, 1972.（中尾真理訳『ノーサンガー・アベイ』、キネマ旬報社、一九九七年）

——, *Pride and Prejudice,* 1813. Oxford and New York: Oxford UP, 1991.（富田彬訳『高慢と偏見』、岩波文庫、一九九四年）

Baum, L. Frank, *The Wizard of Oz,* 1900. New York: Oxford, 1997.（大村美根子訳『オズの魔法使い』、偕成社、一九八六年）

Blyton, Enid. *Fire Get Into a Fjx,* 1958. Revised 1991. London: Hodder Children's Books, 2000.

——, *Five on Finniston Farm,* 1960. Revised 1990. London: Hodder Children's Books, 2000.

Carroll, Lewis, *The Annotated Alice: Definitive Edition,* Introduction and Notes by Martin Gardner, Illustrations by John Tenniel, New York: W. W. Norton & Co., 2000.

Clueless, Dir. Amy Heckerling, Perf. Alicia Silverstone, Stacey Dash, Paul Rudd, Paramount Pictures, 1995.

Cott, Jonathan, *Pipers at the Gates of Dawn: The Wisdom of Children's Literature,* New York: Randon House, 1983.

Dahl, Roald, *Charlie and the Chocolate Factory,* 1964. Revised 1973. New York: Alfred A. Knopf, 1973.（田村隆一訳『チョコレート工場の秘密』、評論社、一九七二年）

——, *James and the Giant Peach,* 1961. New York: Puffin Books, 1988.（田村隆一訳『おばけ桃の冒険』、評論社、一九七二年）

Doyle, Roddy, *The Woman Who Walked Into Doors,* New York: Penguin, 1996.

Gallico, Paul, *Manxmouse,* London: Heinemann, 1968.（矢川澄子訳『トンデモネズミ大活躍』、岩波書店、一九九四年）

Gardner, Martin, *The Universe in a Handkerchief: Lewis Carroll's Mathematical Recreations, Games, Puzzles, and Word Plays,* New York: Copernicus, 1996.

Ibbotson, Eva, *The Secret of Platform 13,* 1994. New York: Puffin, 1999.

Jones, Diana Wynne, *Charmed Life,* 1997. New York: Beech Tree, 1998.

——, *The Lives of Christopher Chant,* 1988. New York: Beech Tree (William Morrow), 1998.

——, *The Magicians of Caprona,* 1980. New York: Beech Tree, 1999.

——, *Witch Week,* 1982. New York: Beech Tree, 1997.

Kafka, Franz, "A Hunger Artist," 1924. *Selected Stories of Franz Kafka,* 1936. New York: Random House, 1952. 188 – 201.（吉田仙太郎訳『断食芸人』、高科書店、一九九四年）

LeGuin, Ursula K., *A Wizard of Earthsed,* 1968. New York: Bantam, 1975.

Lewis, C. S., *Letters to Children.* Ed. Lyle W. Dorsett and Marjorie Lamp Mead, New York: Macmillan Publishing Company, 1985.

——, *Of This and Other Worlds.* Ed. Walter Hooper, London: William Collins Sons & Co, 1982.

Mitford, Jessica, *Hons and Rebels,* London: Gollancz, 1960.（南井慶二訳『令嬢ジェシカの反逆』、朝日新聞社、一九八八年）

Nesbit, E., *The Five Children and It,* 1902. New York: Puffin, 1996.

——, *The Phoenix and the Carpet,* 1904. New York: Puffin, 1994.（猪熊葉子訳『火の鳥と魔法のじゅうたん』，岩波書店、一九九五年）

——, *The Story of the Treasure Seekers,* 1899. New York: Puffin, 1994.

Orwell, George, "Boys' weeklies," 1940. *The Collected Essays, Joumalism and Letters of George Onwell, Volume 1: An Age Like This, 1920–1940,* London: Secker & Warburg, 1968. 460 – 485.

Seuss, Dr., *Oh!　The Places You'll Go!*　New York: Random House, 1990.

Shakespeare, William, *The Winter's Tale,* 1610 – 11. *The Riverside Shakespeare,* Boston: Houghton Mifflin,

1974.（坪内通遠訳『冬の夜ばなし』、名著普及会、一九八九年）
Strunk, William Jr., and E. B. White, *The Elements of Style,* Third Edition, New York: Macmillan Publishing, 1979.
Tolkien, J. R. R., *The Hobbit,* 1937. Revised edition 1982, New York: Ballantine Books, 1982.（瀬田貞二訳『ホビットの冒険』岩波書店、一九九三年）
White, E. B., *Charlotte's Web,* New York: Harper, 1952.
Woolf, Virginia, "Jane Austen," *Collected Essays,* Volume One, London: The Hogarth Press, 1996. 144–154.（出淵敬子／川本静子ほか訳『エッセイ集　女性にとっての職業』、みすず書房、一九九四年）
Wordsworth, William, "Lines Composed a Few Miles Above Tintern Abbey," 1798. *Norton Anthology of English Literature,* Volume 2, Seventh Edition, New York: W. W. Norton & Co., 2000. 235–238.
* Eccleshare, Julia, *A Guide to the Harry Potter Novels.* London/New York, 2002.（谷口伊兵衛訳『小説「ハリー・ポッター」案内』而立書房、二〇〇二年）
* Schneidewind, Friedhelm, *Das ABC rund um Harry Potter,* Berlin: Lexikon Imprint Verlag, 2000.
* Smadja, Isabelle, *Harry Potter: les raisons d'un succès,* Paris: PUF, 2001.

〔邦語・邦訳文献〕（順不同）
シャロン・ムーア／田辺千幸訳『大好き！　ハリー・ポッター』（角川書店、二〇〇一年）
ブノワ・ヴィロル／藤野邦夫訳『ハリー・ポッターのふしぎな魔法』（廣済堂出版、二〇〇一年）
デイヴィッド・コルバート／田辺千幸訳『ハリー・ポッターの魔法の世界』（角川書店、二〇〇一年）

P・グレゴリー卿／渋谷幸雄監訳『邪悪の石――本当は恐ろしいハリー・ポッター』（同朋舎、二〇〇二年）
林雪絵著『ハリー・ポッターを探しにイギリスへ』（新潮社、二〇〇一年）
冬木亮子著『ハリー・ポッターで読む伝説のヨーロッパ魔術』（冬青社、二〇〇一年）
福知怜著『魔法使いと賢者の石の本当の話』（二見書房、二〇〇一年）
七会静著『ハリー・ポッターの魔法ガイドブック』（主婦と生活社、二〇〇一年）
東京ハリー・ポッター学会著『ハリー・ポッターの基礎知識』（ぶんか社、二〇〇一年）
藤城真澄&ホグワーツ魔法研究所著『〈ハリー・ポッター〉魔法の読み解き方』（日本文芸社、二〇〇一年）
ローリングを愛する魔法の会著『「ハリー・ポッター」の秘密の学校』（コアラブックス、二〇〇一年）。『ハリー・ポッターの魔法の学校』（コスミックインターナショナル、二〇〇二年再版）
林雪絵著『「ハリー・ポッター」の秘密の教科書』（データハウス、二〇〇一年）
アラン・ゾラ・クロンゼック&エリザベス・クロンゼック／和爾桃子訳『ハリー・ポッターの魔法世界ガイド』（早川書房、二〇〇一年）
ワールド・ポッタリアン協会著『ハリーポッター　魔法の教室』（青春出版社、二〇〇二年）
ピーター・ミルワード／小泉博一訳『童話の国イギリス――マザー・グースからハリー・ポッターまで』（中央公論新社、二〇〇一年）
（インタヴュー）
J・K・ローリング&リンゼイ・フレーザー／松岡佑子訳『ハリー・ポッター裏話』（静山社、二〇〇一年）
マーク・シャピロ／鈴木彩織訳『ハリー・ポッターともうひとりの魔法使い』（メディアファクトリー、二〇〇一年）

（伝記）
ショーン・スミス／鈴木彩織訳『J・K・ローリング その魔法と真実―ハリー・ポッター誕生の光と影』（メディアファクトリー、二〇〇一年）
（雑誌記事）
「ハリー・ポッターのすべて」（「月刊モエ」、二〇〇一年十二月号、六‐四〇ページ）
「あなたにかけたい『ハリー・ポッター』七つの魔法」（「ダ・ヴィンチ」二〇〇一年、十二月号、二四‐三九ページ）
「ハリー・ポッター究極の魔法」（「月刊モエ」、二〇〇二年一月号、六―三二ページ）
「『ハリー・ポッター』九つの㊙情報」（「週刊朝日」二〇〇二年一月四日‐十一日合併号、一七〇‐一七一ページ）
「水晶玉子と語る鏡リュウジの心理占星学・名作談議第八回『ハリー・ポッターと賢者の石』より もし自分が魔法使いになったら?・」（「バイラ」二〇〇二年一月号、二三二―二三三ページ）
「第二の〝ハリー・ポッター〟を探せ―」（「eとらんす」、二〇〇二年二月号）
（映画）
『ハリー・ポッターMovieアートブック』（メディアファクトリー、二〇〇一年）
「『ハリー・ポッターと賢者の石』フィルムストーリー」（「月刊モエ」二〇〇二年二月号、五一‐六四ページ）
「『ハリー・ポッターと賢者の石』オリジナル・マウスパッド」（*Roadshaw*, 二〇〇二年二月号）
「『ハリー・ポッターと賢者の石』マルチ大特集」（*Screen*, 二〇〇二年二月号）
（その他）
『親子で楽しむ魔法の3Dワールド ハリー・ポッターと賢者の石』（ワニブックス、二〇〇一年）

魔法の料理会著『〝ハリー・ポッター〟の料理・お菓子』（コアラブックス、二〇〇一年）
『ハリー・ポッター　ポストカード・ブック』（メディアファクトリー、二〇〇一年）
『ハリー・ポッター　カレンダーボックス』（エグモント・ジャパン、二〇〇一年）

索　引

ア行

カ行

サ行

タ行

ナ行

ハ行

マ行

ヤ行

ラ行

ワ行

〔訳者紹介〕

本名：谷口　勇

1936 年　福井県生まれ

1963 年　東京大学大学院西洋古典学専攻修士課程修了

1970 年　京都大学大学院伊語伊文学専攻博士課程単位取得

1975 年 11 月〜 76 年 6 月　ローマ大学ロマンス語学研究所に留学

1992 年　立正大学文学部教授（英語学・言語学）

1999 年 4 月〜 2000 年 3 月　ヨーロッパ，北アフリカ，中近東で研修

主著訳書　『ルネサンスの教育思想（上）』（共著）

『エズラ・パウンド研究』（共著）

『中世ペルシャ説話集』

「『バラの名前』解明シリーズ」既刊 7 冊

「『フーコーの振り子』解明シリーズ」既刊 2 冊

「アモルとプシュケ叢書」既刊 2 冊

「教養諸学シリーズ」第一期 7 冊ほか多数

小説「ハリー・ポッター」入門

2002 年 4 月 25 日　第 1 刷発行

定　価　本体 1500 円＋税

著　者　フィリップ・ネル

訳　者　谷口伊兵衛

発行者　宮永捷

発行所　有限会社而立書房

〒 101－0064　東京都千代田区猿楽町 2 丁目 4 番 2 号

振替 00190－7－174567/ 電話 03（3291）5589

FAX 03（3292）8782

印　刷　有限会社科学図書

製　本　大口製本印刷株式会社

落丁・乱丁本はおとりかえいたします。

ISBN 4－88059－287－0　C 0098